君をおくる

泉ゆたか

光文社

君をおくる

目次

装幀 —— bookwall

装画 —— くのまり

第一章　ぶーさん

1

お知らせ。二月二十六日早朝、ぶーさんが亡くなりました。推定年齢は十五歳くらいとのことでした。亡くなる前の日までとても元気そうでした。お気に入りのホットカーペットの上で、眠ったまま安らかに息を引き取りました。

息も凍《こお》る真冬の月曜日、朝六時だ。まだ夜空の気配を残す空に、少しずつ橙《だいだい》色の太陽の光が滲《にじ》んでいた。

明日香《あすか》はクリアファイルを手に小走りで部屋を飛び出した。

ここから電車とバスを乗り継いで一時間かかる職場には、朝七時半までには到着しなくてはいけない。

「おはようございます。あの、もしよかったら、これ、貼らせていただけないでしょうか?」

明日香はアパートの前の道を掃《は》き掃除していた大家さんに、恐々《こわごわ》と声を掛けた。

大家さんが箒《ほうき》を動かす手を止めた。いつもかちりと整えた白髪のお団子頭で、おそらく八十歳はとっくに超えている。皺《しわ》だらけの目元が鋭く尖《とが》って見えた。

大家さんは丸い眼鏡のレンズ越しに、明日香がパソコンを駆使して作った手作りのポスターを胡散臭《うさんくさ》げに眺めた。

「……一週間ね」

大家さんの言葉は予想に反して優しかった。

「一週間経《た》ったら片付けてくださいよ。それがちゃんとできるなら大目に見ましょう。一日たりとも超過してはなりません。よいですね?」

気を取り直すように厳しい声を出す。

「ありがとうございます!」

貼り紙なんてダメ! と、無下《むげ》に断られる覚悟はできていた。

明日香はほっと息を吐いて微笑《ほほえ》んだ。

「ちょっとそこで待っていなさいな。いつもの電車に乗ればいいんでしょう?」

大家さんが、スーツ姿の明日香の全身にちらりと目を走らせた。

「あの猫、十五歳ですって? そんなに昔からいたかしらね」

呟《つぶや》きながらアパートの隣の自宅に消えた大家さんは、あっという間に戻ってきた。

「塀に直接テープを貼ってはいけませんよ。ポスターをこの段ボールに貼って、紐《ひも》で縛ってください。ブロックの穴に紐を通してね。雨の日はこちらで片付けて、また雨が止《や》んだら出しておきます」

大家さんの手にはちょうどよいサイズにカッターで切り取られた段ボールと、ビニール紐が握られていた。

お礼を言って、明日香は手早くブロック塀にポスターを設置した。

車が行き交う大通りからだいぶ離れた、静かな住宅地の一角だ。奥へ進む細い道に繋《つな》がる曲がり角のところ。

一階の明日香の部屋のすぐ目の前。

ほんの二年ほど前まで、ぶーさんがいつも座っていたところだ。

こんなポスター、ただの自己満足だとわかっていた。

けれどあの子に伝えたかった。

ぶーさんがブロック塀の上から姿を消して二年間。彼は私の家で平和な余生《よせい》を送りましたよ、安心してくださいね、と。あの子にどうしても聞いて欲しかったのだ。

明日香は一歩後ろに下がって、ポスターをしげしげと眺めた。

部屋で一緒にごろごろしながら撮影したぶーさんの写真を、大きく三枚使った。

どのぶーさんもとてもかわいい。けれども、なんだかどこかが足りない、と微《かす》かな不満の残る写真だ。

ぶーさんの写真はスマホに何百枚も残っていた。けれどどの写真を使おうかと選び始めると、どれもこれも写真写りに納得がいかなかった。

本物のぶーさんはもっとかわいい。もっと優しそうで、もっと温かそうで、もっと柔らかそうで、もっとかっこいい。

そんなことを考えながら夜に何時間もフォルダを眺めていたら、気が遠くなりそうなくらい涙が溢《あふ》れた。

「じゃあ、ぶーさん、仕事に行ってくるね。帰りに、カンカンを買って帰るからね」

いつもの朝の挨拶だ。

喉のあたりがうっと詰まって、また涙がこみ上げそうになる。

大きく息を吸って、どうにかこうにか堪《こら》えた。

後ろで大家さんの箒が、ざっ、ざっ、と鳴っていた。

2

明日香が暮らしているのは、単身女性専用、敷礼《しきれい》ナシの月額五万円のアパートだ。

最寄りの駅から徒歩十五分の部屋は、南向きの六畳間に四畳半のキッチンが付いていてなかなか広々としていた。だが家賃が安いだけあってとても古い。トイレは和式で、お風呂は自分で種火を点火するガス釜《がま》式だ。

そしてアパートと同じ敷地内の平家にひとりで暮らす大家さんが、とても口うるさい人だった。

廊下の窓枠に傘を掛けておいたら、すぐに片付けるようにと叱られた。分別ができていない、と、ゴミ袋を突き返されたこともある。一日以上洗濯物が干しっぱなしだと、すぐに生存確認の電話がかかってきた。

ここで明日香はぶーさんと出会ったのだ。ぶーさんは明日香と出会ったのだ。

二年と少し前になる。病院からの帰り道だった。

「症状が出たのは……半年前ですか」

大きな病院に朝から長い時間並んでやっと診《み》てもらえたお医者さんは、三十代半ばくらいのてきぱきした物腰の女性だった。

お医者さんは紹介状に目を走らせると、眉《まゆ》を鋭く尖らせて渋い顔をした。

「仕事が忙しくて、まったく休めなかったんです」

明日香は歪《ゆが》んでしまった口元を指先で隠して、小さな声で答えた。

「今も同じお仕事をされているんですか？」

お医者さんが睨《にら》み付けるような鋭い目をした。

「先月、退職しました。前の先生に、このままの状態で放っておいたらもう一生治らないと言われてしまったので」

紹介状を指し示すと、お医者さんは、

「私もこちらの先生と同じ意見です。もっと自分の身体《からだ》を大事にしてください」

と、突き放したように言った。

「……ごめんなさい」

ほんとうはずっと休みたかったんです。でも、あの現場は私がいないと回らなかったんです。

もしも通院のためとはいえ私が急に休んだら、皆にものすごく迷惑が掛かってしまったんです。

帰り道になってから、いろんな言い訳の言葉が胸に溢れてきた。

顔のことはずっと前から気になっていました。うまく笑えなくなって、水を飲んでも口の端から零《こぼ》れてしまうようになって、ほんとうはすごく怖かったんです。

でも激務のストレスで身体を壊しただなんて。そんな格好悪い形で職場を去るなんて。私には耐えられなかったんです。

人通りのない住宅地。顔の歪みを隠すためのマスクの下で、小さな嗚咽《おえつ》が漏れた。

明日香は新卒で映像制作会社に入社した。両親からは過酷な激務の業界だと心配されていたが、若さと情熱があればどうにでもなると信じていた。

自分の身体、なんて健康なときはさっぱり摑《つか》みどころのないものなんかより、はるかに大事に思っていた職場だった。

けれども私はその夢を諦《あきら》めてしまった。実際には私がいなくても会社は回る。決まっていた仕事は、少々みんなが慌てるだけでスケジュールどおりに進んでいく。

私の人生はいったい何だったんだろう。大きなため息が出た。

重い足取りで歩いていると、ふいにアパートのブロック塀の上に、茶色っぽい毛並みの巨大な毛玉が座っているのが目に入った。

暗く沈んだ胸の中に、きらりと光が差したような気がした。

元から明日香は動物が好きだ。長野の実家ではずっと雑種犬を飼っていたし、テレビの電源を入れる気力もないくらい仕事で疲れ切っていた時期は、深夜にスマホでSNS上に流れるかわいいペットの動画を延々と眺めて過ごした。

あ、猫だ。

心の中で口に出したら、胸がふるりと躍《おど》った。

怖がらせないように忍び足で近づくと、毛玉は振り返って明るい声で「にゃっ」と鳴いた。

ごつごつした顔に丸い目をした大人の野良猫だった。

猫はブロック塀の上で器用に身体を引っ繰り返すと、お腹《なか》を見せた。こっちへいらっしゃい、というように手足を使っておいでおいでと手招きをする。

引き寄せられるように明日香が猫のお腹に触《ふ》れると、間髪を容《い》れずに目を細めて、ごろごろと喉を鳴らした。

黒と茶色がマーブル模様にごちゃごちゃに混ざったような、すごくケモノっぽい柄《がら》だった。後から知ったがそんな柄の猫のことを、サビ猫、と呼ぶらしい。

黒っぽい顔の中に、黒い目と黒い鼻と黒い唇。「むむっ」とでも唸《うな》っているように少々ぶうたれて見えた。

だから名前は、ぶーさんだ。その場で勝手に名付けた。

ぶーさんの目は幸せそうに薄《うっす》らと閉じていて、鼻の穴はすぴすぴ呑気《のんき》な音で鳴っていて、唇はにっこり笑っていた。

「ぶーさん、よしよし。いい子だね」

こんな優しい声を出したのはどのくらいぶりだろう。

こんな幸せそうな姿の生き物を見るのは、どのくらいぶりだろう。

自分の身体の十分の一くらいしかない小さな小さな生き物を撫《な》でていると、胸の中で優しい気持ちが温かいお湯のようにじわじわと広がった。

それから天気の良い日に外に出かけるたびに、今日もブロック塀の上にぶーさんがいるに違いない、と心がぱっと明るくなった。

一方で、胸が痛くなるくらいどきどきもした。

ぶーさんは決して人を恐れなかった。道行く者の誰に対しても悠然と構え、心ゆくまで触《さわ》らせてくれる素晴らしい猫だった。

私が偶然そこを通りかかったときに、誰かが先にぶーさんのことを撫でていたら、今日のチャンスはそこでおしまいだ。

後ろに並んで順番待ちをするのは変だし、麻痺《まひ》のせいで縺《もつ》れてうまく喋《しゃべ》ることができない舌で見知らぬ誰かとお喋りをしたいはずがない。

暖かい太陽の光の中、ぶーさんの毛並みを黙々と撫でている通りすがりの人を見ながら、いいなあ、と心で呟いて家路についた。

偶然、ぶーさんが〝空いている〟ときは、それこそ目一杯可愛《かわい》がった。

ぶーさんは野良猫なので毛並みが汚れて、きしきししていた。思う存分撫でまわした後で掌《てのひら》を見ると、黒く汚れていたりする。

でも、小さくて可愛らしいものの温《ぬく》もりは、ちょっと他に例えるものがないくらい嬉《うれ》しかった。

せっかく一大決心をして仕事を辞めて職場とは別の沿線に引っ越したはずなのに、歪んでしまった顔はいつまでもよくならなかった。

外出するときにはマスクが手放せず、食べ物を零してしまうことがあるので友人と外食をすることもできない。

そんな日々の中で、明日香と遊んでくれたのはぶーさんだけだった。いつだって歓迎してくれたのはぶーさんだけだった。

私はどうして失敗してしまったんだろう。これから私はいったいどうなってしまうんだろう。情けなくて。悲しくて。不安で。苦しくて。

明日香がマスクの中で口を歪めて泣いていても、ぶーさんはいつでも悠然と構えて、水風船みたいなぷにぷにのお腹を心ゆくまで触らせてくれた。

3

仕事を辞めてしばらくは、失業保険で何もせずに寝て暮らそうと思っていた。

けれども貯金を取り崩して、週に一度の通院で外出する以外は部屋でスマホをいじっているだけの生活は、すぐに行き詰まった。

あの職場は今もまだこの世界に存在していて、顔見知りの皆が昼夜の区別なくひたすら頑張っている。夢に向かってまっすぐに進んでいる。

ふとしたときにそう思うと、まるで手ひどい失恋をしたように胸の傷が痛んだ。

前の職場は、みんなが睡眠不足でみんなが疲れ切っていて、みんながただ事ではないくらいイライラしていた。

上司に怒鳴られて、先輩に無視されて、同期に露骨な陰口を叩かれた。

ノーメイクのひっつめ髪でいると「女として終わってる」なんて笑われて、少しでも気持ちを上げようとメイクをすると「仕事もできないくせに男に色目を使っている」なんて嫌味を言われて。

何をしてもうまく行かず、自分を嫌いになり続けるばかりだった。

もう二度とあんな職場には戻りたくなかった。私は命の危険がある環境から、間一髪で脱出することができたのだとわかっていた。

けれども、じゃあただ部屋に引きこもって何もせずにいる今このとき、私は自分の人生を満喫できているのかと問われれば、胸を張ってイエスとは言えなかった。

このままではいけない、と、ネットで仕事を探し始めてみたら、かえって気が重くなった。

現れるのは薄給で休みの少ない過酷な仕事ばかりだ。憧れの華やかな仕事の現実は嫌というほど思い知っていたはずなのに、まだ昔の夢の名残《なごり》を追ってしまう。

仕事と生活のバランスが保《たも》てそうな求人を見つけて、少し前向きな気持ちになると、今度はいきなり顔の痺《しび》れのことが心配になってくる。面接で顔のことを聞かれてしどろもどろになる自分の姿が脳裏に浮かんで、やっぱり今はやめておこう、なんて気弱なことを思ってしまう。

結局最後に辿《たど》り着くのは、私はほんとうに駄目なんだな、という情けない言葉だけだった。

そんな天気だけは爽やかな五月のある日、明日香はぶーさんの様子がおかしいことに気付いた。

ぶーさんは定位置のブロック塀の上ではなく、道の端っこでブロック塀に寄りかかるようにして目を閉じていた。

「あれ？　ぶーさん、どうしたの？」

明日香が声を掛けると、ぶーさんはいつものように悠然と顔を上げた。

小さな逆三角形の鼻から、洟《はな》がたらっと流れて胸元の毛並みに付いた。

うわっ、と思った。

洟は膿《うみ》のように緑色がかっていた。よく見ると目元にも黒い目ヤニがびっしり溜《た》まっている。

なんだか汚い気がした。今まで思いっきり撫でまわしていたことも忘れて、「野良猫は病気をいっぱい持っている」なんてどこかで聞いた言葉が脳裏を過《よぎ》った。

ぶーさんはゆっくりと引っ繰り返ってお腹を見せた。ぶーさんは茶色と黒の混じった至ってダークトーンの毛並みだが、お腹と顎《あご》の下だけは少し白っぽい。

いつものように、明日香にお腹を触らせてくれようとしているのだ。

はっと我に返った。

「ぶーさん、こっち向いてごらん」

肩に掛けていたキャンバス地のトートバッグの中からちょっとくたびれたポケットティッシュ

を取り出して、ぶーさんの小さな鼻を丁寧に拭いてあげた。

その拍子《ひょうし》にぶーさんがくしゃみをした。

びちょっ、という音がしてアスファルトの上に洟が飛び散る。

明日香の手も服も汚れた。長袖Tシャツの袖口に洟が付いて、明らかに病気の気配を感じる嫌な臭《にお》いが漂った。

手を洗わなくちゃ。服も洗わなくちゃ、と思った。

「ぶーさん、またね。早く風邪よくなるといいね」

最大限に優しい声を掛けて、早足で部屋に戻った。

すぐに洗面所に行き手を石鹼《せっけん》でよくよく洗って、新しい服に着替えた。

そのまま部屋の片付けをしたり海外ドラマを観始めたりしたら、ぶーさんのことはすっかり忘れてしまった。

「ペルちゃん、なんでここにいるの？」

女の子のよく通る声に気付いたのは昼過ぎのことだった。ちょうど、近所の小学校の子供たちの下校時刻だ。

「おはなが出てる。病気なの？　ペルちゃん、かわいそう」

ほんの一瞬考えてから、ペルちゃんというのはぶーさんのことだ、と気付いた。

ぶーさん、まだ地面に座っているんだ。緑色の洟を垂らして。

明日香はベッドの上でタブレットをいじっていた手を止めて、耳を澄ました。

女の子は、ブロック塀のすぐ向こうに人の暮らす部屋があることまでは思い至らないのだろう。おまけに良い天気なので部屋の窓を少し開けていた。子供の声が、まるで明日香に向かって語り掛けているようにはっきりと耳に飛び込んでくる。

「おなかいたいの？　頭がいたいの？　お熱があるの？　あっ、くしゃみした。お喉がいたいの？」

女の子の声が震えたかと思うと、いきなりしくしくと泣き出した。

明日香は心の中で、ええっ、と叫んだ。

ぶーさんがお気に入りのブロック塀に上れていないということは確かに気になった。だが、ただ洟が出てちょっとした風邪らしき症状が出ているだけだ。

このくらいのことで泣き出すなんて、子供というのはドラマチックすぎる。

ほんの目と鼻の先で小さな女の子が泣いている。きっとひとりきりだ。子供を狙う変な奴《やつ》に目を付けられて、声でも掛けられたら大変だ。

明日香はジーンズのポケットに財布とスマホだけを押し込んで、外へ出た。

アパートの出入り口から回り込んでほんの数歩で、ぶーさんのブロック塀だ。

赤いランドセルを背負った小学校低学年くらいの女の子が、しゃがみ込んで肩を震わせていた。

「こんにちは。どうしたの？」

舌がうまく回らないのでゆっくり話し掛けた。そのおかげで、泣いている子供を心配している大人らしいとても優しい声になった。

女の子が勢いよく顔を上げた。高い位置で結んだツインテールの髪が揺れる。

「ペルちゃんが、病気なんです」

明日香は、はっと息を呑《の》んだ。

ペルちゃんと呼ばれたぶーさんは、女の子の腕の中にいた。

ぶーさんは涙だらけで目ヤニだらけですごく汚れていて、たぶんノミもいっぱいいると一目でわかるみすぼらしい姿だった。

女の子はそんなぶーさんを一切の躊躇《ちゅうちょ》なく胸にしっかり抱き締めていた。

女の子が着たパステルピンクのトレーナーの可愛らしさと相まって、ぶーさんの野生のケモノらしさはより際立《きわだ》って見えた。

汚いからやめなさい。触らないほうがいいわよ。

思わずそんな、いかにもつまらない大人らしい言葉が思い浮かんだ。

「ペルちゃんのこと、助けてください」

女の子がまっすぐに明日香を見つめた。

「……大丈夫そうだと思うけど」

根拠はどこにもなかったが、面倒に巻き込まれたくはなかった。

野良猫を病院に連れていくなんて、考えただけで気が重くなった。

ぶーさんにはたくさん触らせてもらった恩がある。それに私には今、時間も暇もたくさんあった。動物病院に連れていって病気の治療をしてあげるのが嫌なはずはなかった。

けれども絶対にこれは、動物病院に行けばすぐに解決するような簡単な話ではない。

まずはこの近所に動物病院なんていったいどこにあるのだ。運よく動物病院が見つかっても、そこにぶーさんを連れていくためには、きっとペット用のかごみたいなものが必要なはずだ。そんなものどこにもないよ、とまるでそれが何より大事なことのように胸の中で唱える。

さらに何よりも、動物病院というのは保険が利かない。善意で連れていった先で、万が一、何十万円という高額な手術が必要だと言われたら、いったいどうすればいいのだ。

そんなお金払えるはずがない。しかしただの通りすがりの私が、お金がないので手術はしなくていいです、自然に任《まか》せて治らなければそれが寿命です、なんて重すぎる決断をする羽目になるなんて恐怖でしかない。

「大丈夫じゃないです。ペルちゃんは歩けないんです」

女の子が目に涙をいっぱい溜めて、ぶんぶんと首を横に振った。

まっすぐな声だった。

「寝ているだけじゃないの？」

ああ、私は格好悪い、嫌な大人だ、と思いながら、明日香はわざと明るい調子で応じた。

「違います。ペルちゃんは抱っこだけは嫌いなんです。もしも歩けたら、絶対に抱っこなんてさせてくれないはずなんです。だから、今、ペルちゃんは、すごく苦しいはずです！」

言われてみると、ぶーさんは女の子の腕の中で苦行に耐えるような渋い顔をしている。

これまで私は無意識に、服を汚したくない、という理由をつけて、ぶーさんのことを抱き上げようと試みたことはなかった。

でもこの女の子は違ったのだろう。何度もぶーさんを胸にぎゅっと抱っこしようとして、そのたびにぴしゃりと断られていたに違いない。

「……そっか、抱っこは嫌いなんだね」

明日香は女の子の腕の中にいるぶーさんを覗《のぞ》き込んだ。

ぶーさんは黒い瞳で明日香をじっと見つめ返す。

そう、そのとおり。私は抱っこは嫌いなんだよ。この子を止めておくれ。

うんざりしたオジサン猫の声で、そんなふうに頼まれた気がした。

「ちょっと下ろしてあげようか。それで、ちゃんと歩けるかもう一度、見てみようね」

地面に下ろされた瞬間に、ぶーさんは平気な顔で路地の向こうにすたすたと消えてしまった
——。という展開を望んでいた。

なあんだ。ぶーさん、やっぱり元気そうでよかった。

そう言って見送りたかった。

「あっ！」

女の子が鋭い悲鳴を上げた。再びわっと泣き崩れる。

明日香も、うっと息を止めた。

「動物病院、連れていこう。ちゃんと獣医さんに治療してもらうから、大丈夫だよ」

その言葉しか出てこなかった。そうするしかなかった。

明日香は女の子の背中を優しく撫でた。

うんうん、と大きく頷《うなず》きながら涙をぽろぽろ落とす女の子のトレーナーは、赤茶色の血で点々と汚れていた。

4

最寄りの動物病院は、スマホで検索したらほんの一秒で見つかった。

グーグルマップによればここから徒歩二分だ。駅とは逆方向の奥まった路地にあるので、そんな近いところに動物病院があったなんてちっとも知らなかった。

「怪我《けが》をしている猫がいるんです。身体に血が付いていて。それに、風邪もひいているみたいで。今から診てもらえますか？」

電話に向かって、縺れる舌にぐっと力を込めた。

「……はい診察します。ここは動物病院なので」

電話の向こうで答えたのは、落ち着いている、というのを通り越して、怯《おび》えているように静かな口調の男の人だった。

取り付く島もない返答だったが、明日香のことを馬鹿にしている様子はまったくない。でも、大丈夫かな？　と思いたくなるような、話が嚙《か》み合っていない雰囲気を感じる。

「わかりました。それじゃあ今から連れていきます」

「その子、野良猫ですか？」

囁《ささや》くように訊《き》かれて少し驚いた。このまま「？」マークが出たまま会話が終わってしまうとばかり思っていた。

「ええ、そうなんです。私が飼っているわけじゃないんです。ただ、よく見る猫だったので、このままじゃかわいそうで……」

急に媚《こ》びるような声色になった自分に、胸がざわっとした。だからどうか費用は安めにしてください。そんな失礼なことを言うつもりはなかったけれど。でも、あわよくば、という気持ちは確実にあった。

傍《かたわ》らの女の子は明日香の心の揺れにはまったく気付いていない様子だ。地べたにしゃがんで、いかにも愛《いと》おしそうにぶーさんを撫でている。

「でしたら洗濯ネットに入れてチャックを閉じて、連れてきてください。それでケージの代わりになります」

「えっ、洗濯ネットですか？　そんなことしたら、嫌がりませんか？」

生きている動物をネットに入れてしまうなんて、まるで虐待《ぎゃくたい》でもしているかのようにかわいそうな光景だ。

「嫌がります。だから手早く、迷いを一切捨てて全力でやってください」

男の人は、とても大事なことを教えます、という様子で答えた。

「抱っこしていくのでは、駄目でしょうか？　すごく人に慣れているし、それに弱っているんです」

「自力で身体を起こすことができているようなら、おすすめしません。万が一、病院に連れていく途中で猫が逃げ出してしまうと、皆が辛《つら》い思いをすることになります」

男の人がうっと黙って、急に激しく咳《せ》き込んだ。

「……では、お待ちしています」

電話は、向こうからいきなり切れた。

なんだかいちいち変な雰囲気だったな、あの人が獣医さんだろうか。と思いながらも、とりあえず急いで部屋に戻って洗濯ネットを取ってきた。

「ごめんね。ちょっとだけだからね」

恐る恐る洗濯ネットを顔に被《かぶ》せたら、いままでのんびりと目を細めていたはずのもこもこした顔が、般若《はんにゃ》のようにくわっと歪んだ。

突然、人が変わったように手足をばたつかせて猛烈に暴《あば》れ出す。あっと叫ぶ間もなく、手の甲に衝撃が走った。

「ブロック塀のところにくっついていてね！　大丈夫だから！」

心配そうにおろおろと周囲を歩きまわったり明日香の手元を覗き込もうとしたりする女の子に、慌てて言った。

万が一、病院に連れていく途中で猫が逃げ出してしまうと、皆が辛い思いをすることになります。

淡々とした、しかし深い憂慮《ゆうりょ》に満ちた、電話の向こうの声が耳の奥で蘇《よみがえ》った。

そうだ。そのとおりだ。

ここで失敗してしまったら、ぶーさんは怪我をして身体が弱っているところを、信じていた人に急に袋に詰め込まれていじめられたと思うだけだ。

これから先、人を信じることができなくなって、二度と病院に連れていってあげる機会はなくなってしまうかもしれない。

女の子が素直にブロック塀に身体を寄せたそのときに、視界を遮《さえぎ》るように背を向けた。渾身《こんしん》の力でぶーさんを洗濯ネットに押し込む。勢いよくチャックを閉じる。

ぶーさんは終始無言だった。でも、どたんばたんと、ひたすら全力で抵抗していた。白い洗濯ネットに茶色い血が付いていた。

洗濯ネットの中で耳を垂らして観念したぶーさんが、ろろろろ、と聞いたことのない悲し気な鳴き声を出して明日香をじっと見つめる。

「ごめんね。ぶーさん、ごめん」

これから動物病院に行って、辛いところを治してもらおうね。

いくらそう言ってもぶーさんには伝わらない。

ぶーさんは、お前のことは信じていたのに、とでも言うように丸い目でただひたすらこちらをまっすぐに見つめている。

いたたまれない想《おも》いで、顔を歪めて目を逸《そ》らす。洗濯ネットごと大きめの紙袋に入れた。

「ここからは私に任せて。ちゃんと動物病院に連れていくから安心してね」

明日香はごそごそ動く紙袋を手に、女の子に言った。

「ペルちゃん、大丈夫？」

女の子が立ち去りがたい様子で、紙袋の隙間からぶーさんを覗き込んだ。

ぶーさんが蛇《へび》のように口を開けて、しゃー、と威嚇《いかく》の声を上げた。

女の子はぎょっとしたように身を縮めて、助けを求める目で明日香を見上げた。

明日香は「大丈夫だよ、って言ってるよ」と頬を強張《こわば》らせて答えた。

5

辿り着いた動物病院は古びたコンクリートの二階建てだった。しかしとても狭い。まるで団地の片隅《かたすみ》にぽつんと立つ交番のようだ。

設置されてから五十年は経っているのではと思うような錆《さ》びて変色した看板には、【動物病院】とだけ書いてある。

ネットの検索結果では確か、山本か山田か、そんな名前が【動物病院】の前についていたはずだ。

入ってすぐに、長椅子をひとつ置くのがやっとというくらい狭い待合室と受付がある。天井までは届かないドアの向こうにはすぐに診察台があって、パソコンが置かれた机の上にはガラスの瓶が黄色く変色したホルマリン漬けがたくさん置いてあった。

「交通事故ですね。脚の骨が飛び出しています。怪我のせいで高い所に飛び乗ることができなくなって、食事を摂《と》れずに弱ってきてしまったんですね」

電話に出た男の人は、白衣ではなく濃いネイビーの手術着のようなものを着た獣医さんだった。他に誰もいないので、治療から会計まで彼がひとりですべてを切り盛りしているのだろう。

「すぐに脚の手術が必要です。化膿《かのう》してきているので、もしかしたら切断したほうがいいかもしれませんね。ずいぶん痛かったと思います」

若い獣医さんだ。おそらく年齢は、三十になるかならないか。明日香と同年代だ。細くて長身で、明日香が羨《うらや》ましくなるくらい色白の綺麗《きれい》な肌をした人だった。

ぶーさんに何度も聴診器を当てて耳を澄ます動きは、すごくゆっくりだ。

獣医さん、といえばドラマの外科医のようにてきぱき精力的に駆けまわる姿を想像していたので、なんだか静かすぎて不思議な気分になった。

「この子、野良猫ですよね。脚を切断してしまったら、外で自力で生きるのは難しくなります。どうされますか？」

全身麻酔《ますい》の脚の手術と、約一週間の入院での点滴治療。治療方針を一通り説明した後に、獣医さんがそう訊いた。

「もちろん、手術をしてあげてください。でも、実はあまりお金がなくて……。治療費はおいくらぐらいかかるんでしょうか？」

ずいぶん痛かったと思います、と言われた時点で腹は決まっていた。痛い思いをしているぶーさんを放っておくことなんてできない。たとえ目玉が飛び出るような金額を言われたとしても、もうここまで来たらぶーさんの身体を治してあげるしかない。

けれども。けれどもここは、いつでもいくらでも払えます、なんて見栄《みえ》を張るところではない。

ぶーさんは上半身だけ洗濯ネットに入ったまま診察台の上にいた。消毒薬と動物の匂いでここが病院だとわかるのだろう。全身を強張らせてまるで置物のように固まっている。診察台の白いリノリウムシートの上には足跡の形に血が付いていた。

「費用のお話の前に。どうされますか？　治療が終わった後、この子を飼うつもりがありますか？」

獣医さんが洗濯ネット越しにぶーさんの頭にそっと手を添えた。

「それは無理です。私のアパートは、ペットの飼育は不可なんです。大家さんはすごく厳しいし、私もこれから就活をしなくちゃいけなくて生活が変わってしまうので……」

それればかりはすぐに答えが出た。

獣医さんは顔を上げずに、黙ってぶーさんの頭を撫でている。

明日香の自分本位の答えに怒っているのかな、と思ったけれど、そんなことを言われても、とも思った。私はただかわいそうなぶーさんを、何とかして助けようと思っただけだ。

勇気を振り絞った善意を、無責任だ、と責められるなんてかなり辛い。

「……えっと、それじゃあ、誰か、ぶーさんを飼ってくれる人を見つけようと思います。ぶーさんは人懐《ひとなつ》こいし近所のみんなの人気者なので、貼り紙で飼い主さん募集をすれば、きっと誰かが飼ってくれるはずです」

わかった、乗り掛かった船だ。飼い主さん探しまでは私がちゃんとやろう。

意を決して言った。

「飼い主さんが見つからなかったら、どうしますか？」

間髪を容れずに、打ち返された。

ぶーさんが獣医さんに耳の裏を掻《か》かれて、ぐるぐると喉を鳴らす。病院なのを忘れて、思わず気を抜いて本来の人懐こさが表れてしまった様子だ。

骨が剝《む》き出しで痛いのに苦しいのに、洗濯ネットにまだ身体半分を放り込まれたままなのに。

どうしてそんな目に遭うのかちっともわからないまま、これから全身麻酔をかけられて、痛い手術と長い入院生活をしなくてはならないのに。

ぶーさんはどこまでもいい猫だ。

「……どうしても無理だったら」

こんなのズルい。

ぶーさんばっかり見てこちらを向こうともしない獣医さんに、明日香は恨《うら》みがましい目を向けた。

「私が飼います」

そんなことには決してならない。

貼り紙はもちろんのこと、友人知人からインターネットまで。ありとあらゆる手段を使って、ぶーさんを飼ってくれる人を探してみせる。

「ほんとうですか！」

獣医さんが勢いよく顔を上げた。

ぱあっと花が咲くようにはじける笑顔。そしてキリンのような長い睫毛《まつげ》の両目からは、まさかの涙がぽろぽろ零れた。

「では、今回の手術代と入院費用はおまけします。使った薬の分だけは代金をいただくことになりますが、おそらく三万円もあればじゅうぶんでしょう」

とても助かる。すごく痛い出費だけれど、三万円ならば払えないことはない。

けれどもこの人は、大丈夫なんだろうか。

「よかった」「よかった」と、はらはらと涙を流して掌で口元を押さえる獣医さんを、明日香はちょっと引くような気持ちで眺めた。

獣医さんは動物の治療をするのが仕事だというのに、そんなあっさり〝おまけ〟なんてしてしまってよいのだろうか。

使う薬だけで三万円、と聞くと、おそらく〝おまけ〟してもらう代金は本気で十万円単位の大金になるだろう。

それに診察中にこんなに泣きじゃくる獣医さん、なんて聞いたことがない。

まだ若くてすごく経験が浅いのかもしれないが、それだったら腕だってかなり怪しい。そのわりに診断を下したときの様子は至って冷静で、少しも迷いがなかった。

「それではお預かりします。診察時間内でしたらいつでもお見舞いにいらしてくださいね。あ、それと、あなたの手の甲の傷、必ず『人間の』病院に行って抗生剤《こうせいざい》を貰《もら》ってください。野良猫に引っ掻かれた傷は、必ず膿みます。とんでもなく膿みます」

獣医さんはそう言って袖を捲《まく》った。

獣医さんのまるでお人形さんのように綺麗な白い肌には、数えきれない量の歯形や引っ掻き傷の痕《あと》がくっきりと残っていた。

6

ぶーさんの飼い主さんはさっぱり見つからなかった。

まずは動物病院に貼り紙をしてもらった。それからインターネットの〝飼い主募集〟のサイト。友人知人に誰かいないかと考えてみたが、明日香の周囲は誰もがフルタイムで働くひとり暮らしだ。ペットを飼っていないのにわざわざ家賃が割高のペット可の物件に住んでいる人なんて、どこにもいないだろう。

ぶーさんがいつも日向《ひなた》ぼっこをしているブロック塀に〝飼い主さん募集〟の貼り紙をするのがいちばん良さそうだとは思った。けれどもあの怖い大家さんが許してくれるはずがない。

ぶーさんを捕獲したときに一緒にいた小学生の女の子、あの子の家で飼ってもらえないだろうかと思うが、あれきりあの子はさっぱり姿が見えない。かといって登下校を待ち構えているわけにもいかない。

もっともっと策はあると思っていたのに、あっという間にできることはおしまいだ。

鳴らない電話、届かないメールを待ちながら、明日香はぶーさんの飼い主さんにふさわしい人についてつらつらと考えた。

優しく愛情深くて猫が好きな人、というのは大前提だ。

それに加えて、金銭的に余裕がある人でなくてはいけない。ペット可はもちろんのこと、できれば持ち家の、さらにできればぶーさんが存分に遊ぶスペースのある一戸建てに住んでいる人。身体によいご飯をちゃんと与えてくれる真面目《まじめ》な人。人懐こいぶーさんが寂しい思いをしないように、なるべく家を空けずに一緒にいてくれる人――。

「……なんだか婚活みたい」

明日香はふっと苦笑いを浮かべた。

前の職場で、徹夜あけの乾いた身体にエナジードリンクを一気に流し込んだとき。仕事を辞めて、どこにも所属しないただの人としてぽつんと社会にひとり放り出されたとき。

明日香の胸の内には、嫌な熱を帯びて〝婚活〟の文字が過った。

私を心から愛しているのはもちろんのこと。私のすべてを受け入れてくれて、衣食住の面倒をみてくれて、一生安心させてくれる人。そんな人がどこかにいるはずだ。

そう思うと〝運命の人〟を見つけることができたどこかの誰かが羨ましくてたまらなくなり、誰にも頼ることのできない自分の人生がとても空《むな》しいものに思えた。

明日香はペットボトルに口をつけて、近所の皮膚科で処方してもらった抗生剤を飲んだ。ガーゼを当ててもらった手の甲から薬の匂いが漂う。

いつも穏やかで優しいぶーさんが、決死の思いで明日香の洗濯ネットから逃れようとしたときのことを考える。

あのときぶーさんは明日香のことを嫌いになっただろうか。一生恨んでやると思っただろうか。もう二度と人間のことなんて信じない、と思ったのだろうか。

明日香は気を取り直して、自分がネット上に投稿した〝飼い主募集〟の記事を見直してみた。これは〝婚活〟だと思ってみると、無駄に長文で面倒くさそうな条件が書き連《つら》ねてある。

そして肝心のぶーさんの写真もぜんぜんよくない。

動物病院で手術を終えてから、鉄格子のケージの中からこちらを不安げに見つめている顔だ。身は縮まって耳は伏せられている。暗いケージの中、濃い茶色と黒のマーブル模様の毛並みのせいで、かわいい顔がほとんどわからない。

獣医さんから確実に十歳以上の高齢猫、腎臓《じんぞう》も少し悪いかもしれない、と言われた。結局、脚は切断せずに済んだけれど、普通の猫のように走りまわるのはもう難しいとのことだった。そっくりそのまま、そのとおりに書いたのもいけなかったかもしれない。

かわいくて人懐こい猫ならば喜んで引き取ってくれる人がいるに違いない、なんて考えは都合がよすぎたのだ。

獣医さんに言われた飼い主さん探しの期限は、ぶーさんの退院までだ。

飼い主さんが見つからなくても、ぶーさんは問答無用で退院させられてしまうだろう。連れていける場所はどこにもない。

もう時間がなかった。細かな条件なんて言っている場合ではない。ご縁がある人ならば誰でも幸せです、という謙虚《けんきょ》さを持たなくては。

明日香は自分の投稿文の編集ボタンを押した。

少し前にブロック塀の上で撮った、ぶーさんが元気だった頃の写真を見つけ出して、目一杯拡大した。呑気でのんびりした表情がちゃんとわかるようにした。

年齢は野良猫なのでわかりません。でもとにかく人懐こくて人間が大好きな子です。きっと誰とでも仲良くなれるはずです。

嘘は言っていない。そう心で呟きながら、そんな短い文章を作って投稿し直した。

誰か助けて。ぶーさんのことを助けて。

スマホの画面に向き合って、心の中で叫んだ。

ぶーさんは、とってもいい猫なんです。近所の皆の人気者で、誰にでも愛されて。たくさんの人の心を癒《いや》してくれた素晴らしい猫なんです。

心優しいあなた。どうかぶーさんをおうちに迎えて、可愛がってあげてください。幸せにしてあげてください。

「どうか応募がありますように」

明日香は枕元にスマホを置いて、祈るように両手を合わせた。

7

次の朝起きると、待ち望んでいたメールがあっさり届いていた。

「掲載の猫をぜひ引き取らせてください。週末にそちらまで取りに行きます」

やった、とガッツポーズをした。

ぶーさんの行き先が見つかった。新しいおうちが見つかった。

ここのところ夢の中でさえ、ネットの掲示板の文言を編集したり写真を撮り直したりしながら、飼い主さんをずっと探していた。

ぐっすり眠っているならば、起きているときの悩みがそっくりそのまま夢に現れることはそうそうない。つまり心配しすぎてほとんどまともに眠れていなかったということだ。

「ありがとうございます。ぜひよろしくお願いします」

鼻歌でも歌い出しそうな気持ちで返信して、急いで身支度をした。

一刻も早く動物病院に行って、獣医さんとぶーさんにこのことを報告したかった。

「ぶーさんの飼い主さんが見つかりました！」

開口一番、明日香が言うと、机の上にたくさんの書類を広げてパソコンにデータを打ち込んでいた獣医さんが、ぴたりと動きを止めた。

獣医さんはこの間と同じ手術着みたいな服のポケットから、皺くちゃの風呂敷を取り出すと、慎重な手つきで机の上に広げた。

いったい何を始めるのかと呆気《あっけ》に取られて手元を凝視したせいで、獣医さんが開いていた書類は古い手書きのカルテだと気付く。

一応、個人情報の保護、という意識には敏感《びんかん》なのだろう。

「よかったですね。どんな人ですか？」

こちらに向き合って、口元だけでにっこり微笑む。なんだか作り笑顔のようで居心地が悪い。もっと喜んでくれると思ったのに。

「ネットのペットの飼い主募集の掲示板で、連絡をくれた人です。こちらまでぶーさんを引き取りに来てくれるそうです」

「その人は、男性ですか？　女性ですか？」

獣医さんの口調に潜《ひそ》んだ厳しいものに気付いて、明日香はえっ、と目を見開いた。

歪んだ唇で久しぶりに浮かべたはずの笑みが、マスクの下で強張った。

「フルネームは？　住所は？　電話番号は？　この子の基礎疾患《きそしっかん》の有無や、去勢手術が済んでいるかどうかを訊いてきましたか？」

畳みかけるように訊かれて、明日香は細かく震えるように首を横に振った。

それはこれから訊こうと思っていた。けれども、まずはぶーさんに良い知らせを届けたいと思ったただけだ。

そう心の中で言い訳をしながらも、みるみるうちに胸の中に不安の黒い雲が広がっていく。

「危険な人かもしれない、ってことですか？　引き取った動物を虐待するような……」

〝虐待〟だなんて、口にしただけで血の気が引くような気がした。行き場のないペットたちがようやくご縁が繋がったと思った場所で、そんな恐ろしい目に遭うなんて。考えたくもない。気分が悪くなってきた。

「さっき僕が言ったことを、今、聞いてみてください。あと、その人と会う場所はこの動物病院を指定していただいたほうがいいですね」

獣医さんが頬をぽりぽりと掻きながら、あまり深刻ではなさそうな様子で言った。

「は、はいっ！　今すぐに訊いてみます」

急いでスマホを確認すると、ちょうど相手からメールが届いていたのに気付く。

「待ち合わせ場所と時間を指定してください。そちらのご自宅で大丈夫です。ケージは持っていきます」

先ほど明日香がメールを送ってから、ほんの数分で届いた返信だ。

「先ほどは慌ててしまい申し訳ありません。まだお名前をお伺いしていなかったですね。お電話番号とご住所も併《あわ》せてお知らせいただけますと幸いです。折り返しこちらの住所、電話番号もお知らせします。また、お待ち合わせ場所は、今、ぶーさんが入院している近所の動物病院でお願いしたいと思っています」

慌ててその場で文面を作って、スマホから送信した。

「よしっ」

と呟いて頷いたが、胸に広がった不安は消えない。

そういえばこの人のメアドは、いったいどんな意味を持っているのかわからないような滅茶苦茶なアルファベットの羅列《られつ》だった。もちろんフリーメールだ。

パソコンのアドレスから送っているにしては文面がシンプルすぎる気もする。まるでスマホのメッセージアプリでの、友人同士の連絡のような簡潔さだ。

さらに最初のメールの発信時間は、夜中の三時台だ。

夜勤の仕事をしている人、と前向きに思いたいが、「はじめまして」の連絡をその時間にするというのは世間一般の常識からは外れているような気もする。

「では、お返事を待っている間に、ぶーさんに会っていかれますよね？」

獣医さんは暗い顔の明日香にはちっとも頓着《とんちゃく》していない様子で立ち上がると、奥の部屋に手招きした。

鉄格子の頑丈《がんじょう》なケージが二段になって壁の両面にずらりと並んだ、六畳ほどの小さな部屋だ。

下の段のケージは大型犬でも入れるような大きいもので、上の段の小さなケージが猫用だ。

下の段のいちばん手前のケージの中に、オムツをした痩せた白い中型犬が横たわっていた。

ずいぶん衰弱《すいじやく》しているようで、獣医さんと明日香が部屋に入ってきても黒い目玉がくるりと動くだけだ。

「おーう、ルル、おつかれ。そろそろオムツ替えような」

獣医さんは急にくだけた口調になって、ケージの中を覗き込む。

明日香と話しているときとはまったく別人、と言いたくなるような、滑《なめ》らかな口調にリラックスした笑顔だ。

ルルと呼ばれた白い犬の尾だけが、ぱたりと揺れた。

「ぶーさん、ぶーさん、お見舞いだよ」

今度は、まるで眠っている赤ちゃんの耳元で囁くような裏声だ。

明日香は思わず苦笑いを浮かべそうになるのを抑えて、獣医さんの背中越しにケージの中を覗き込んだ。

「ぶーさん、具合はどう?」

少し照れ臭い気持ちで声を掛ける。

狭いケージの中は、中に砂が入ったプラスチックの猫用トイレが広さの半分以上を占めていた。

そのトイレに寄りかかるようにして、ぶーさんはうとうとしていたようだった。

数日前の手術の直後は、麻酔が残ってぐったりしている状態で点滴に繋がれていた。

その頃に比べると、ほんの数日でずいぶん体調が良さそうだ。目ヤニはまだ少しだけあるが、湊はすっかり止まっていつもの元気なぶーさんの顔だ。

ぶーさんは意志のはっきり籠った目で明日香をまっすぐに見て、ああお前か、という顔をした。

「ぶーさん、あのね」

飼い主さんが見つかるかもしれないよ、と言おうとして言葉が続かなかった。ぶーさんがゆっくり回って、明日香に向かってお腹を見せてくれたからだ。明日香に出会えたのが嬉しくてたまらなくて、甘えているわけではない。とても面倒くさそうな動きだった。

なんだお前、どうしたんだ。しょうがないな、触らせてやるぞ。

そんな、心優しくて面倒見がよくて猛烈にかわいい、オジサン猫の低い声が聞こえてくるような気がした。

明日香は鉄格子の隙間から指を入れて、ぶーさんのお腹を触った。ぶーさんはすかさず目を細めてぐるぐると喉を鳴らす。

なぜか「ごめんね」という言葉が、何度も何度も胸の中で溢《あふ》れた。

その日の夜になっても、飼い主さん候補からのメールの返事は来なかった。

8

「ああ、駄目駄目。うちはペットは禁止ですよ」

大家さんは話の途中から目を三角形に尖らせて、強い口調で明日香の言葉を遮った。

「そこのブロック塀の上で、いつも寝ていたあの子なんです。黒と茶色の……」

明日香が飼おうとしている猫があのぶーさんだと知れば、もしかしたら大家さんも少しは理解してくれるかもしれない。

この几帳面《きちょうめん》な大家さんがもしも猫嫌いだったら、あっという間にぶーさんのことを追い払っていたはずだ。

大家さんは明日香がここへ引っ越してくるずっと前から、ぶーさんにブロック塀の上を貸してあげることを黙認していたに違いない。

思ったとおり、大家さんの眉がぴくりと動いた。

「たぶん車に撥《は》ねられて怪我をして、食事もできないで弱っていたところだったんです。動物病院で手術はしましたが、うまく歩けなくなるから野良猫としては暮らしていけないって言われたんです」

まずは情に訴えてみよう。

明日香は精一杯悲し気な声を出した。

「お断りです」

大家さんは明日香の懇願を、ぴしゃりと撥ねのけた。

ならば今度は、絶対に大家さんにも他の住人にも迷惑を掛けない、と信じてもらわなくてはいけない。

「高齢の猫なので、鳴くことはほとんどありません。動きもゆっくりなので、走りまわって音を立てることもないと思います」

背筋をしゃんと伸ばして、両手を祈るように前で組んだ。

「駄目です」

「爪とぎをさせないように柱や襖《ふすま》にシートを張ります。トイレもきちんと清潔にして部屋を汚したりはしません」

なおも追い縋《すが》った。

「いけません。ペットを飼うなら、すぐにこの部屋から出ていってください」

最初から最後まで、大家さんは取り付く島もなかった。

自分が契約に違反した無茶なことを言っているとわかっているのに、なぜか泣きそうなくらい悲しくなる。この大家さんは命なんてどうでもいいと思っているんだ、と、見当違いな恨みがましい気持ちになってくる。

そしてもうひとりの私の声が聞こえる。

大家さんは何も悪くない。悪いのは私だ。

ぶーさんの優しさやかわいさや温かさが大好きで。ぶーさんに辛い思いをさせたくないと心から思っているのに。幸せにしてあげたいと思っているのに。

まだどこかで大きな責任から逃げようとしている私だ。

ぶーさんごめんね、ぶーさんがかわいそう、なんて言いながら。少しもぶーさんの人生を受け止める覚悟ができていない私だ。

私はあのときのままだ。

ほんとうはまだこの仕事を続けたかった。私はまだまだできた。でも身体を壊してしまったから仕方なく、なんて自分に言い訳をして、逃げるように仕事を辞めたときのままだ。

自分の人生を受け止める覚悟ができていないままだ。

大事なぶーさんのことを、顔も名前も知らない誰かにあっさりと押し付けようとしたときのまま。これで肩の荷が下りる、とほっとしたときのまま。

私はどうしようもない甘ったれだ。

「わかりました。部屋を出ます。無茶を言ってごめんなさい、お世話になりました」

一言一言、ゆっくり静かに口に出した。

引っ越し費用はいったいいくらかかるんだろうと思ったらぞくりとした。きっと元から決して多くない貯金額の、ほとんどすべてが飛んで行ってしまうだろう。

でも同時に、すっと胸に風が通った気がした。

もう、やるしかないのだ。

こちらに向かってごろんと身体を倒してお腹を見せるぶーさんの姿が、脳裏に浮かんだ。

ぶーさんの飼い主はこの私しかいないのだ。

私は、これから先ずっとぶーさんの優しい顔とあったかい毛並みと一緒に過ごすことができる。

働かなくちゃ。ちゃんとしっかり働かなくちゃ。

心から思った。

お腹の底から、むくむく力が湧いてくるのがわかった。

「……うちのアパートは、入居のときに敷金を貰っていないでしょう」

しばらく黙ってから、大家さんがぽつんと言った。

「えっ？」

「ペット飼育の場合は、敷金家賃二ヶ月分を入れてもらいましょうか。退去時にそこからクリーニング費用を払ってもらいます」

大家さんが膨《ふく》れっ面《つら》を浮かべる子供のような顔をした。

「いいんですか？　ありがとうございます！」

勢いよく頭を下げたら、胸の中で、ちゃりん、とお金の音がした。

家賃二ヶ月分の敷金。それも、おそらく退去時にはまず戻ってこない。

鳥肌が立って身震いしそうになる。けれどそれでいいのだ、と自分の力強い声が聞こえた。

優しさや同情では命は救えない。命にはお金がかかるのだ。自分以外の誰かの命を預かるということは、その命のためにちゃんと働き、きちんとお金を稼ぎ、稼いだお金を使いまくらなくてはいけない。

ぶーさんと暮らすには、そんなちっとも心の躍らない最低条件を満たさなくてはいけないのだ。

こうしちゃいられない。

一目散にATMに走り、その日のうちに家賃二ヶ月分を大家さんに手渡した。

大通り沿いのホームセンターに行って、猫用のトイレと砂、餌《えさ》と水を入れるボウル、爪とぎの板、ススキの形のおもちゃ、など、山のような買い物をして戻ってきた。

ちゃりん、ちゃりん、とお金の音が鳴り続けた。

お金がなくなっていくのは怖かった。けれど同時に、どんどん身体が軽くなるような気もした。私なんて何もできないに違いない、という情けない思いに、ざぶんと冷たい水を掛けられたような気がした。

何を言っているんだ、やらなくちゃいけないんだよ。ぶーさんと暮らすためには、きちんと働かなくちゃいけないんだよ。もう一度自分の足で立って、歩かなくちゃいけないんだよ。

明日香は自分に言い聞かせるように、何度も何度も心の中で呟き続けた。

9

ぶーさんと明日香にとって最後の試練は、ぶーさんの退院の日だった。

もう次の日に迫ったぶーさんを迎えに行く準備を整えている最中に、履歴書を送った学校の教頭先生から電話がかかってきたのだ。

「ご応募いただきありがとうございます。ぜひ面接にいらしてください。現在、求職中ということですね。では、もしよろしければ明日の午前中はいかがですか？　急でごめんなさいね。来週から中間テストで忙しくなるので、なるべく早くに来ていただきたくて」

その日は木曜日だった。〝明日〟の金曜日を逃せば次の週になってしまう。

もう既《すで》に一緒に働く仲間に声を掛けているような親し気な雰囲気に、これは、という手ごたえを感じた。

求人の美術を志す中高生の通う学校、と聞いて面白そうだな、と思った。それに調べたら、明日香が学生時代に大好きだった、戦場の子供たちを題材にした作品を撮る女性戦場カメラマンの出身校だった。履歴書に添えた志望理由はなぜか自分でも驚くほどすらすらと書けた。教頭先生からの電話を受けたその時に、ぜひそちらで働きたい、と身体が前のめりになるような気がした。

「はい、明日の午前中に伺います」

明日はぶーさんの退院の日だ。獣医さんには午前中の診察時間のうちに迎えにいくと約束していた。

けれど今、明日香は求職中の身だ。どんな用事よりも就職活動が最優先だ。そんなやる気に溢れる応募者だと思われたかった。

「ああ、よかった。それではお会いできるのを楽しみにしています」

ほっとした様子の教頭先生との電話を切ってすぐに、動物病院に電話をかけた。

「すみません、急に就職の面接が入ってしまったんです。急いで戻りますので、ぶーさんをお迎えに行くのは、午後の診察の時間で大丈夫でしょうか？」

獣医さんは、「あっ、そうですか」と何の気なしに言ってから「では、半日お預かりということで、追加料金が四千円になります」と続けた。

明日香は、うぐっと黙った。

またお金だ。ちゃりんと音が鳴る。

明日の午前中までは〝入院〟という扱いで、午後からは〝半日お預かり〟として料金が発生するという仕組みは、詳《くわ》しく説明なんてされなくてもよくわかる。

けれど、ほんの数時間分くらいおまけしてくれたっていいじゃないか。

「わかりました。どうぞよろしくお願いいたします」

絶対に絶対に、この面接は決めてやると胸に誓った。

私はもう決してひとりではない。これから、ぶーさんと暮らすのだ。

どんなときでもひとりぼっちの寂しさを感じない代わりに、温かい毛並みをいつでも好きなときに撫でさせてもらえて、顔を上げればいつでもむくむくしたかわいい顔に会える代わりに。

私はぶーさんが生きている限り、ずっと、ちゃりんちゃりんとお金を使い続け、彼のお世話をさせていただくのだ。

夕暮れに動物病院に行くと、入院室のケージの中でぶーさんはパステルグリーンの可愛らしい首輪をつけてもらって明日香のことを待っていた。

「ぶーさん、迎えに来たよ」

明日香が囁くと、ぶーさんはお迎えの時間が遅れたことに不満ひとつ言わずに、ごろんとお腹を見せて歓迎してくれた。

「よかったね、飼い主さんが来たよ」

獣医さんがケージの鍵を開けた。ぶーさんは慌てて飛び出すこともなく、眩《まぶ》しそうな顔をしてその場でへたり込んでいる。

そっと手を差し伸べると、怪訝《けげん》そうな様子で明日香の指先の匂いを嗅いだ。

それからはっと気付いたように、明日香の手の甲に力いっぱい頬を寄せる。ぶーさんに引っ掻かれた傷痕が鈍く痛んだ。

「ぶーさん、よろしくね」

ぶーさんを抱き上げたら、無言で手足を振りまわして嫌がった。

慌てて新品のケージの中にそっと入れる。

「元気になったね。よかった、よかった」

傍らの獣医さんに目を向けたら、また大粒の涙をぽろぽろ零して泣いている。

「そういえばぶーさん、どうやら腎臓があまり良くないようです。高齢の猫ならばかなりの確率で腎臓が弱っているので、今すぐに治療が必要だということではありませんが。食事は専用のフードをあげたほうがいいかもしれません」

またまた、ちゃりんと鳴る。

「わかりました。こちらで購入できますか？」

もう抗《あらが》うのはやめた。ぶーさんは私の家族だ。私が求めて、私のところに来てくれた家族なのだ。

ケージの中を覗き込むと、ぶーさんがむっとしたような不機嫌そうな顔で身を縮めている。

「緊張するね。早くおうちに帰ろうね」

なぜかもう、ごめんね、とは思わなかった。

私はぶーさんのために、できることをすべてやってみせる。

獣医さんはめそめそ泣きながら、「こちらは僕からの、ぶーさんの門出の御祝いです」と、十キロと書かれたとんでもなく大きな療法食のドライフードの袋を持たせてくれた。

そして約束どおりの三万円プラス追加料金の四千円をしっかり受け取って、動物病院の外に出て明日香とぶーさんの姿が見えなくなるまで見送ってくれた。

そこからぶーさんと二人の暮らしが始まった。追って面接を受けた学校から採用の連絡があり、仕事も決まった。あっという間に一年九ヶ月が過ぎた。

10

明日香は、バスの中でスマホの待ち受け画面のぶーさんの姿をじっと見つめた。

こんなにふわふわしたぶーさんがもうこの世にいないんだ、と思うと、信じられない気持ちになる。

ぶーさんを迎えた数週後から、明日香はこの、美術大学付属の中高一貫の女子校で学校事務の仕事をしている。

最寄りのターミナル駅からバスに揺られて二十分。緑溢れる山奥。校則がほとんどなく制服もない、自由でのびのびした校風で知られている学校だ。

同じバスの中には、ジーンズにパーカー、といったラフな姿で大きなリュックサックを担いだ女の子の姿がちらほら見える。開門と同時に美術室に籠って、作品制作に集中するつもりだろう。

明日香はスマホから目を離して窓の外を眺めた。

ようやく日が昇り切って暖かい光が差す頃だ。ちょうど朝の犬の散歩の時間なのだろう。足の長い柴犬を連れたおじいさんが、ニット帽にマフラーに分厚い手袋、という完全防寒の姿で力強い足取りで進む。柴犬はちらちらとおじいさんを見上げながら笑みを浮かべているとしか思えない顔つきで、とことこ早足で進む。

「あ、おはようございます」

途中の別路線の駅前のバス停から、スーツ姿の田川《たがわ》先生が乗ってきた。

田川先生は高等部の担任をしている数学の先生だ。男性にしてはちょっとぽっちゃりして丸い目鼻でいつもにこにこしている。

「本当に寒いですね。ほんの数分バスを待っているだけで、息が凍りました」

田川先生は少し毛玉が目立つベージュのニットの手袋で、掌を合わせた。

と、不思議そうな顔で首を傾《かし》げる。

「どうかされましたか？」

明日香が涙ぐんでいることに気付いたのだろう。

明日香は指先で目頭を押さえてから、ふっと微笑んだ。

田川先生のこんな裏のないまっすぐさは、この職場に漂う穏やかな雰囲気そのものだった。

「飼っていた猫が亡くなったんです」

眉が下がってしまったのがわかったので、慌てて密《ひそ》かに深呼吸をした。

「……そうでしたか」

田川先生は心からの同情を寄せる声で囁いた。

「何歳でしたか？」

「野良猫だったので正確な年齢はわからないのですが、おそらく十五歳くらいだと思います」

「いい猫ですね」

田川先生が眉を少しだけ八の字に下げた。

「うちのミケ子が亡くなったのは二十一歳でした。体調が悪くなってからはどうしても二十二歳まで生きて欲しくて。母なんて動物病院の待合室で知り合う人みんなに、この子の年齢は二十二歳です、って年齢詐称《さしょう》をしていたんですが……」

田川先生が冗談を言う口調で笑ってから、ふいにしんみりした顔で窓の外を眺めた。

「でもいくつまで生きてくれても、お別れが悲しいことは変わりないですよね」

田川先生の言葉が胸にじわじわと広がった。

「そうですね。ずっとずっと生きて欲しかったです」

明日香はこくりと頷いた。

「僕もそう思います。心から」

田川先生は自分でも口に出してしまっていると気付いていないような様子で「……ミケ子」と呟いた。

こんな朝の会話ひとつで、ここで働くことにしてよかったな、と思う。

相手を気遣い思いやりながら、平和な毎日を保つためにお互い努力を重ねていく。ここはそんなのんびりした優しい空気の流れるところだった。

前の職場のように、鋭い刃先を壁に突き立てて上っていくような激しさはどこにもない。時々びっくりするくらいいい加減なところもあるし、ひとたび何かトラブルが起きるといつまでもみんなであたふたしている。お給料だってそんなによくはない。

けれどここで働くようになってから、人の心が戻ってきたと感じる。

贅沢《ぜいたく》はまったくできないけれど、気持ちと時間に余裕ができた。朝早くに家を出て、夕方のラッシュが始まるより少し早い時間まで働いて、部屋に戻ったらぶーさんと過ごした。

ぶーさんは明日香が帰ってくると、玄関に出迎えて足元に身をすり寄せて大歓迎してくれた。温和で優しいぶーさんの、いったいどこに行っていたんだ、とでもいうような少し怒った顔を見られるのは一日の中でその時だけだ。

手を洗って部屋着に着替えたら、ベッドに横になって本を読んだりスマホをいじったり海外ドラマを観たりと、存分に気を抜いて過ごすと決めていた。

ぶーさんはいつもそんな明日香の脇腹のあたりに寄りかかって、幸せそうにうつらうつらしていた。

ぶーさんといると、そんなのんびりとだらしない時間が愛おしかった。

動物病院で買う腎臓の療法食のカリカリはあまり口に合わなかったようだ。最初の数口だけは勢いよく食べるのに、すぐに飽きてその場から離れてしまう。

明日香はあの獣医さんに何度も相談して、ほんの匂い付け程度の量だけ市販の缶詰を混ぜたり、常に新鮮な状態のものを出せるようにカリカリを一回分ずつジップロックで小分けにして保存したりと、試行錯誤《しこうさくご》を繰り返した。

ぶーさんは一般的なねこじゃらしには少しも興味を示さなかった。

けれど、ススキの形をしたねこじゃらし、という緑色のおもちゃにだけは目の色を変えて飛び付いた。

一階の部屋といえども、どたばたと大きな音を立てるわけにはいかない。

明日香はベッドの上にバスタオルを広げて、その上でぶーさんと心ゆくまでススキのおもちゃで遊んだ。

そのうち、ぶーさんは明日香がバスタオルを手に取るだけで「ややっ！」と喜びの声で鳴いて、真剣な顔で身構えるようになってしまった。

夜遅くにお風呂に入るときはぶーさんに見つからないように、バスタオルをお風呂場にまで持ち込んでこっそり身体を拭いた。

ぶーさんは台風にも嵐にも花火大会にも決して動じない格好いい猫だったが、インターホンの音だけが大の苦手だった。

宅配便の人がインターホンを鳴らすと、その場でぴょんと飛び上がるように驚いて、一目散にベッドの下へ入ってしまった。

ぶーさんとの思い出は、まだまだ、まだまだいくらでもある。

11

明日香は職員室で、ウォーターサーバーに詰め替える大きな水のボトルを、よいしょ、と持ち上げた。

この職場で働き始めてから、口元の痺れはずいぶん良くなっていた。早口で喋ろうとすると、まだ舌が縺れることもあるけれど。今では自分自身の頬の違和感が少し残るだけで、食事も普通にできるし自然な笑顔を作ることもできるようになった。

「土曜日の朝に起きたら、もう亡くなっていたんです。ほんとうに眠っているときのままの丸まった姿で。しばらく何が起きたのか信じられませんでした」

思わず声に涙が滲みそうになるところを、慌てて力仕事に集中する。

「それは幸せな猫生ね。飼い主さんに何も迷惑を掛けないように、って思ってくれたいい子だったのね」

「うちの子は大変だったわ。糖尿病《とうにょうびょう》で毎日動物病院に点滴に通わなくちゃいけなくて。最期の半年で、家族旅行でハワイに行けるくらいのお金がかかったのよ」

明日香の周囲に湯呑みを手にした数名の先生たちが集まって、口々にお悔《く》やみの言葉を述べた。

「私としては、少しくらい迷惑を掛けてもらいたかった気もします。最初から最期までほんとうにいい子だったので」

明日香が額《ひたい》に滲んだ汗を拭って言うと、先生たちは、うんうんと涙ぐんだ目で頷いた。


仕事を終えて帰り道、ドラッグストアでぶーさんにお供《そな》えするための猫用缶詰を買った。

腎臓の療法食にほんの少しだけ混ぜていた、ぶーさんの好物の猫用缶詰だ。

キャットフードには「総合栄養食」というものと「一般食」というものがある。

「総合栄養食」はそれだけで生きるために必要な栄養が摂れるが、「一般食」は美味《おい》しいおやつのようなもので猫は濃い味に喜ぶけれど、それだけ食べていたら栄養失調になってしまう。

そんなこともぶーさんと暮らし始めて初めて知った。

涙がじわじわと溢れ出した。

ぶーさんはもういない。健康管理をしてあげる必要はないのだ。

慌てて顔を伏せて大きく息を吸って、吐く。

両手で顔を覆って泣いたら周囲に何事かと思われるので、できる限りのさりげなさを装って、手の甲で涙を拭く。

手の甲に茶色い一本線の傷痕があった。ぶーさんを洗濯ネットに入れたときに付けられた傷痕が残ってしまったのだ。でもあれからぶーさんは、一度だって明日香に爪を立てたことなんてない。

ぶーさんとはなんていい猫だったんだろう。

何もかもが悲しくてたまらない。

どうにかこうにかお会計を済ませて、お店の外に出た瞬間に顔を歪めてしくしく泣いた。

いつもだったら嬉しいはずの帰り道だ。

早く家に帰って、ぶーさんのトイレの掃除をして、ご飯をあげて。それから二人でごろごろしてお腹をたくさん触らせてもらおう。

そんなことを考えながら歩いていると、仕事でくたくたに疲れた日でも、アパートが見えた途端にスキップするように足取りが軽くなった。

明日香のアパートのブロック塀が現れた。

今、部屋の中で眠っているのは、小さな骨壺《こつつぼ》の中のぶーさんのお骨だけだ。

少し気持ちが落ち着いたらペット霊園を探してあげなくてはいけないと思っていた。けれど今は、ぶーさんとほんとうに離れ離れになってしまうなんて想像もつかなかった。

今朝、貼ったポスターが目に入った。

あの女の子に届いただろうか。

明日香がぶーさんと暮らすきっかけを作ってくれたあの子。

汚れてノミだらけで目ヤニと洟だらけだったぶーさんを、しっかりと胸に抱っこしていたあの子。

あの子にだけは伝えたかった。私はちゃんとぶーさんを助けたよ。ぶーさんを元気で幸せな猫にするために頑張ったよ。ぶーさんと一緒に生きたよ。

「えっ？」

ポスターの様子がおかしかった。

明日香は怪訝《けげん》な気持ちで、ゆっくりと近づく。

落書きだ。ポスターの余白に、ボールペンやマジックペンや鉛筆や、さまざまなペンを使っていくつも落書きがしてあるのだ。

何と書いてあるか気付いて、はあっ、と震えるため息をついた。

「ありがとう」

「ありがとうございました」

「ありがとうございます」

「ありがとー‼」

年配の人らしい達筆から、中高生らしい癖《くせ》のある文字、字を覚えたばかりの小学生の字。きっとあの子の字も。

ぶーさんの写真の周囲はまるでお花のように、たくさんの人の「ありがとう」の言葉で埋め尽くされていた。

「……ぶーさん、ぶーさん」

明日香は溢れる涙を拭いながら、声に出して呼んだ。

「ありがとう、ありがとうございました、ありがとうございます、ありがとー‼」

ポスターの字をひとつひとつ読み上げた。

そうだ、私の心にあるのもこの言葉だけ。私がぶーさんに伝えたいのも、このたった一言だけだ。

冬の夕方はもう薄暗い。身を刺すように冷たい北風に、近所の家が夕飯を作るいい匂いが漂う。こんなところにぶーさんがひとりでちょこんと座っていたなんて。あんないい猫がずっとずっと、誰かの家に迎えられるのを待っていたなんて。

まるで奇跡のような出来事だったのだ。

何の変哲《へんてつ》もないただのブロック塀の上に、もう今は誰もいない。

第二章　サクラちゃん

1

どうしよう、困った。

もうしばらく悲しみに浸《ひた》っていたいけれど、どうやらそれどころではない。

慎司《しんじ》はうーんと唸って口を結んだ。額に掌を当てる。

「えっと、じゃあ、動物病院の先生に電話して聞いてみたら？　人間の病院って、必ず葬儀屋さんとの付き合いがあるものだから。たぶん動物病院も同じなんじゃない？」

亜希《あき》が涙で濡《ぬ》れた目元をタオルでぎゅっと押さえた。病院、と口にした途端に、鋭い目力にほんの少し口角《こうかく》が上がった、頼もしい看護師の顔になる。

「電話、私がかけようか？　動物病院の名前、なんていうんだっけ？」

慎司の返事を待たずに、亜希は自分のスマホをてきぱきと操作し始める。

「僕が電話するよ。あの先生にはずいぶんお世話になったから、お礼も言いたいし」

慎司は目頭の涙を親指で拭うと、気合いを入れ直すように、はあっと大きく息を吐いた。

きっと亜希には、今の僕はまともに電話ができるか怪しいくらい憔悴《しょうすい》しきって見えるのだろう。

ソファに寝かされたサクラちゃんの背中をそっと撫でる。ほんの一時間ほど前に魂が抜けたばかりの身体はまだほかほかと温かい。

サクラちゃんは丸々とした大きなピンク色のミニブタだ。体高は盲導犬になるラブラドールレトリバーぐらいの大きさだが、胴回りは大型犬の五倍くらいたっぷりしていて、体重は最後に動物病院で量ったときでも六十五キロあった。

お尻をぺちん、と叩いてみた。サクラちゃんは身体が大きいので、優しくさらりと撫でてあげてもちっとも気付かないのだ。ぺちぺち音が鳴るくらい強めにお尻を叩いてマッサージしてあげると、ぶうぶうと鼻を鳴らして笑顔としか言いようがない嬉しそうな表情で振り返った。

手ごたえのない音が鳴る。サクラちゃんのお肉は痩せてしまっていた。一見するとまったくもって痩せ細っているようには見えないが、大事なお肉が萎《しぼ》んでしまったのがわかる。

「サクラちゃん、叩いてごめんね」

急に申し訳なくなって優しく何度も撫でた。撫でるたびにサクラちゃんの身体から熱が失われるような気がして、なんだかまた力が抜けてしまった。

せっかちな亜希がこちらをちらちら見て待ち構えているので、わかってるよ、と目で頷いてスマホを手に発信履歴を辿る。

「先生、サクラちゃん、亡くなりました」

できるだけ暗い声を出さないようにと思いながら電話の向こうにそう言うと、一瞬の沈黙が訪れた。

「……そうでしたか。サクラちゃん、よく頑張りましたね。小田《おだ》さんもお疲れさまでした」

答えた声はもう泣いている。

慎司は思わず釣られてまた涙ぐんでから、眉を下げて小さく笑った。

ここから車で二、三分のところにある古びた動物病院の獣医さんだ。

年季の入った錆びついた看板にはただ【動物病院】とだけ書いてある。名札をつけているわけでもないので先生のほんとうの名前は未《いま》だにわからない。〝サクラちゃんの先生〟だ。

この家でサクラちゃんを動物病院に連れていくのは、勤務時間に余裕がある慎司の役目だった。

慎司の仕事は医療系の学術専門誌の編集者だ。

雑誌編集者とはいっても、寄稿者はほぼ締め切りを厳守してくれる真面目な人ばかりなので、他の出版業よりははるかに規則的な生活だ。校了前の忙しい時期以外は、残業もなく夕方六時には帰路につくことができた。

時々は亜希に代わりに行ってもらってもいいかと思うこともあった。だがすぐに、いやいやいけない、と思い止《とど》まった。

青白くて華奢《きゃしゃ》でひどく泣き虫な若い男性の獣医さんを前にして、亜希がいったいどんな厳しい人物評を下すかを考えると、ちょっと怖かった。

亜希は大学付属病院の緩和《かんわ》ケアセンター、通称ホスピスで働く看護師だ。

紗良《さら》がほんの赤ちゃんの頃に手術室担当から異動になって、もう二十年以上ずっと同じ病棟で働いている。

身長百六十五センチで体重はサクラちゃんと同じくらい。女性にしては長身のたくましい身体に太い眉毛。いつも誰より先に身体を動かしては、「よしっ」と力強く頷いているような人だ。毎日くたくたになるまで目一杯身体を動かして、終末期のがん患者たちの間を忙しく飛びまわっている。

亜希が働いている姿を見たことはない。けれどわかる。きっと亜希はどんな悲しいことがあっても職場では決して泣かない人だ。

「わざわざご連絡をいただき、ありがとうございます。それでは、僕はこれで……」

本格的な涙声になりながら先生が電話を切ろうとする。電話を切ったらおいおい泣き崩れる姿が目に浮かぶようだった。

「あっ、先生、ちょっと待ってください。実は、これからどうしたものかと……」

「どうしたものか、とは？」

先生が電話口でちーんと洟をかんだ。

「サクラちゃんの……お葬式のことです」

言葉を選ぼうとしたら、間違えた気がする。

「お葬式をされるんですか？　珍しいですね。でも、もしお招きいただけましたら、僕もぜひ出席させていただきます」

「すみません、違います。火葬についてです。先生、どこか業者さんをご存知ないですか？」

言葉を濁しても仕方ない。はっきり言った。

ごとっと音がしたので顔を上げると、亜希がガムテープを手に大きな段ボール箱を組み立て始めていた。サクラちゃんのベッドにするのだろう。

「実はインターネットでペットの火葬業者を何軒か調べてみたんですが、どこもミニブタは受け付けていない、と断られてしまったんです。大型犬専門の業者にも連絡を取ってみたのですが、体重六十キロ超えのミニブタです、と伝えたら、あっさり断られた挙句《あげく》に『どちらの業者にご相談いただいても、火葬前に必ずお棺《かん》の中を確認させていただくことになりますよ』なんて警戒されてしまって……」

きっとあなた、人間の死体でも持ち込もうとしてると思われたに違いないわ。大真面目な顔で亜希にそう言われて、そんなこと考えてもみなかったと驚いた。

「そうでしたか。確かにミニブタは法律上、家畜《かちく》という扱いですからね。火葬の際も身体の大きさだけの問題ではないところがあるのかもしれません。ちょっと僕のほうで調べてみます」

お礼を言って電話を切ると、先ほどまでソファの上にいたサクラちゃんは、いつの間にか段ボール箱の中に寝かされていた。いったいどんなコツを摑めば、六十五キロの身体を物音ひとつ立てずにひとりで軽々持ち上げてしまえるのだろう。

亜希がこれまた手際よく、花瓶に挿《さ》してあった花をぱちんぱちんとハサミで切っている。

ふいに玄関の鍵が勢いよく回る音がした。

「ただいま。ごめん、間に合わなかった！」

ほんの一秒ほどで、ブラックジーンズに黒いTシャツ姿の紗良が勢いよくリビングに飛び込んできた。

「サクラちゃん……」

紗良が段ボールの中を覗き込んで、小さな嗚咽を漏らした。

紫色のジェルネイルの塗られた人差し指で、ぽちっとサクラちゃんの鼻先に触れた。サクラちゃんに何かを話しかけている。ふいに言葉が途切れた。

「ねえ、ママ。これはないよ。こういうとこ、ほんと無理」

紗良が泣き笑いの顔を上げた。指差したのは段ボール箱の側面だ。

コストコで買い物をしたときに貰ってきたリサイクル段ボールには、『葉山《はやま》ハム　ポーク　贈答用　12箱セット』と書いてあった。

2

サクラちゃんという名前を付けたのは、七年前、中学二年生だった紗良だ。

サクラ、というピンク色の清々《すがすが》しい花の名前があまりにもぴったりだったので、紗良、とサクラ、間に一文字加えただけのそっくりな名前だと気付いたのは、ずいぶん後になってからだ。

ちょうどその年の新学期が始まった頃から、紗良が急に学校に行かなくなった。

最初は頭とお腹が同時に痛いから休みたい、と訴えていたが、次第に朝になるとベッドに潜《もぐ》り込んで背を向けて、慎司と亜希がいくら声を掛けても何も答えなくなった。

亜希が思いっきり怒鳴り飛ばしても、慎司が猫撫で声で話を聞き出そうとしても、完全にこちらのことを遮断してしまうのだからどうにもならない。

亜希も慎司も仕事がある。結局時間切れになってしまって、家にひとり紗良を残して、後ろ髪を引かれるような思いで仕事に向かった。

ほんとうは仔犬《こいぬ》を飼おうと思っていたのだ。

テレビの動物特集を醒《さ》めた目で眺めていた紗良の口元に、ほんの少しだけ笑みが浮かんだ。ずいぶん久しぶりに目にした笑顔だった。

「いいな、犬、飼いたいかも」

紗良はスタジオの芸能人たちに交互に抱きかかえられた仔犬を見つめて、羨ましそうに頬を緩《ゆる》めた。

慎司の視線に気付くと、その笑顔は幻《まぼろし》のようにさっと消えてしまったが。

あのとき、まだ二歳か三歳だった頃の紗良、世界のすべてに希望を抱いていた頃の紗良を思い出した。もう一度あの笑顔を取り戻すためならば何でもすると思った。

チワワかダックスフンド、プードルかマルチーズ。庭がない小さな建売住宅の我が家でも育てやすい小型犬がよさそうだった。

家庭内に漂う強張った雰囲気を取り去る、剽軽《ひょうきん》で元気いっぱいで生気《せいき》に満ち溢れた仔犬を家に迎えたかった。

梅雨《つゆ》が明けたばかりの晴天の日曜日。

テレビ番組の動物特集でよく登場する、都内でいちばん大きなペットショップを目指して、三人で車に乗り込んだ。

「何これ。目玉、飛び出してるんだけど」

慎司の月給より高額なチワワの仔犬を前にした紗良は、尖った目をして頬の片側を引き攣《つ》らせて笑った。

大きな耳に小さな顔、目は確かに少々離れてきょろりと大きかったが、誰がどう見てもそれはチャームポイントだ。

可憐《かれん》な顔をしたチワワの仔犬は、甲高《かんだか》い歓声を上げて抱き上げられないことに不思議そうな顔をして、ケースの向こうへ帰っていった。

それから紗良は、ずっとその調子だ。

「ソーセージみたいで気持ち悪い」

愛嬌《あいきょう》たっぷりに虚空《こくう》を舐《な》めるミニチュアダックスフンドには、この一言だ。

ミルクティー色の巻き毛のトイプードルには、

「髪型、おばちゃんのパーマみたい」

白くてふわふわで毛糸玉みたいなマルチーズには、

「目のまわりが汚い」

最初は、紗良のことはひとまず放っておいて、慎司と亜希が仔犬たちのかわいらしさにでれでれになっていた。

しかしずっと不貞腐《ふてくさ》れて毒口《どくぐち》ばかり吐く紗良に、さすがにむっとしてきた。そもそも犬を飼いたいと言い出したのはお前だろう、と文句のひとつも言いたくなるのをぐっと堪えた。

「気に入らないのか。じゃあ猫はどうだ？　あの子、ベンガルっていうんだって。背中の模様、かっこいいなあ。ヒョウみたいだ」

「やだ、猫なんてきらい！」

紗良がそんなもの見たくもない、という表情で顔を背《そむ》ける。

ショーケースを楽し気に見てまわっていた若いカップルが、ぎょっとした様子でこちらを振り返った。

「じゃあ、ウサギはどうだ？　モルモットとか、フクロモモンガもいるなあ。いっそ爬虫類《はちゅうるい》、って手もあるぞ」

できる限り紗良の不機嫌は相手にしないようにと息を整えながら、慎司は仔犬と仔猫のショーケースから離れた。

紗良がわざとらしい大きなため息をつく。

ため息をつきたいのはこっちだよ、と胸の中だけで呟いた。

「紗良ってヘビとかトカゲとか亀とかそういうの好きそうだけど。小さい頃、お寺の池で亀を見るのが大好きだったのよ。亀の餌、っていうドッグフードみたいなのを百円で買って一緒にあげたの覚えてる？」

亜希が気を取り直そうとするように明るい声で言うと、紗良は「はあ？」と憎《にく》たらしい口調で亜希のことを思いっきり睨み付けた。

「もう、いったい何なのよ。私、何かいけないこと言った？」

亜希がむっとした様子で両腕を前で組む。

放っておけ、というように亜希に目配せをすると、その様子を紗良がじっと見ているのがわかった。


サクラちゃんを最初に見つけたのは亜希だ。

「きゃあ、ミニブタだって！　こんなに小さいの!?　かわいい！」

サクラちゃんは、犬猫コーナーとウサギモルモットハムスターコーナーの途中にあるケージの中にいた。他に仲間もいなくてたったひとりで、ケージに貼られた〝カワイイ女の子です　40万円〟というとんでもない値を冠されたPOPの匂いを嗅ぎながら、びっびっと鼻を鳴らしていた。

生後二ヶ月と書いてあった。小型犬の成犬くらいの大きさだ。肌は桜色で全身がミルク色のうぶ毛で覆われていた。口角はにっこりと上がっている。黒目しかない瞳は、幸せな期待に満ちているようにキラキラ輝いていた。

「こんにちは」

亜希が膝を折って、ケージ越しにサクラちゃんを覗き込んだ。

「やだ、嘘。ブタの赤ちゃんって、こんなにかわいいの？　ちっとも知らなかった」

亜希が困ったような顔をして慎司を見上げた。

サクラちゃんは亜希の華やいだ声がわかるように、その場でとことこと回り始めた。くるっと巻いた小さな尻尾《しっぽ》がリボンみたいだった。

「ミニブタは、大人になると五十キロから百キロになることもあります……って、そんなの〝ミニ〟って呼ばないだろう。かわいいのは今のうちだけだよ」

慎司はケージに貼られた説明を読み上げた。いくらかわいくても、こんな貼り紙を見たら誰も飼う人はいないだろうと思った。だが、こんな興ざめする現実をちゃんと教えてくれるなんて、なかなか良心的なペットショップだとも思う。

「五十キロから百キロ！　大人がもうひとり、家の中を歩きまわっているようなものね」

亜希が目を丸くして立ち上がった。

「ブタさん、じゃあね。こんなかわいいお顔を見ちゃったら、しばらくトンカツは食べられない気分だけど」

またそういう変なことを言う、と亜希をちらりと睨んだが、亜希は涼しい顔だ。

亜希はたまに、ブラック、とか、ニヒル、とか、シュールとか言い表すような、つまり、わざと慎司をぎょっとさせるような際《きわ》どいことを言う。

ホスピスという職場で数えきれないほどの命の終わりに接しているせいで、普通の人とは違う感性を持つようになったのか、と思うことにすれば納得がいく。だが実は今の職場で働き始める前から、亜希はそんなちょっと変わった人だった。

サクラちゃんに手を振ってからウサギのガラスケースの前に来たとき、異変に気付いた。

「紗良は？」

亜希が左右を見まわしてから、少し真剣な声でもう一度「紗良、どこ？」と呼んだ。

すかさず顔を見合わせて目配せをした。

「おいっ、紗良、どこだ？」

慎司は弾《はじ》かれたように店内を駆け出した。周囲に隈《くま》なく目を配りながら来た道を戻る。見つからない。

嘘だろ。ガラスの自動ドア越しに駐車場に目を走らせる。紗良はいない。それから車がびゅんびゅん飛び交う大通りに――。

嫌な予感に眉根が歪み始めたところで、ミニブタのケージの陰に隠れるようにしゃがみ込んだ紗良の姿に気付いた。

「なんだ、ここか。驚かせるなよ。紗良、いなくなっちゃったかと思ったよ」

慎司が額に滲んだ嫌な汗を拭うと、紗良はサクラちゃんを見つめる顔を上げずにほんの少しだけ笑った。

「パパ、トンカツ好き？」

なんてことを訊くんだと、一瞬目の前がくらりとした。さっきの亜希のブラックジョークのせいだ。

パパはそういう命を軽んじているような冗談は好きじゃないな。ここはそう言わなくてはいけない場面だと身構えた。

「……好きだよ」

それなのになぜか気弱な声が出てしまう。

紗良とどう関わったらいいのかわからなかった。

我が子が言ってはいけないこと、やってはいけないことをしたときに、父親としてどんな言葉を掛ければいいのかわからなくなってしまったのだ。

「ママもよく食べてるよね。駅前のトンカツ屋さん。仕事が忙しい時期に、エネルギーチャージしに行かなきゃ、とか言って。ママはヒレより、絶対ロース派なんだよね」

紗良がにんまりと笑った。

「えっ、何？　私の話なの？」

遅れて駆け寄ってきた亜希が首を傾げた。

「この子がいい。この子と一緒に暮らしたい。名前はサクラちゃんね」

紗良はサクラちゃんの濡れた鼻先をまっすぐに指さした。

3

サクラちゃんを〝お迎え〟したときに、ペットショップの店員さんから貰った冊子には、餌やトイレ、ケージといった必要なものがリストアップされていて、「ミニブタはきれい好きです」

という、とても好ましい言葉が何度も出てきた。

そこに書かれていたものを一通り揃《そろ》えると結構な値段になったが、そもそもサクラちゃん自体がとんでもなく高価な存在だったので、いろいろと麻痺してしまった。お昼寝用枕、だとか歯磨き用のウェットティッシュ、だとか、結局使う機会がまったくなかったものまで、言われるままに山のように買い込んだ。

後部座席でペットショップ特製の家の形をした段ボールを膝に抱いた紗良は、身体をくにゃくにゃに緩ませて、段ボールの空気穴から何度も甘い声を掛けた。

「もうすぐおうちに着くからね。あとちょっとだけ待っててね」

車の中は行きの強張った雰囲気がまるで冗談だったように、幸せな空気に満ち溢れた。

ペットを家に迎えるというアイデアは、大正解だったようだ。

慎司と亜希は横目でにっこりと顔を見合わせた。

サクラちゃんは基本的には静まり返っていて、ごくたまに、ぶうぶうと鼻を鳴らす。

にゃあにゃあ、でもわんわん、でもない。これまでまったく身近ではなかった鳴き声だ。でも悪くない。むしろ心地好《よ》い音だ。このぶうぶうという低い音がこれからずっと家に鳴り響くのだと思うと、甘い想いが胸に広がっていった。

「ぶうぶう、だって。やだ、ほんとうに本物のブタさんなのね、これからどうしよう……」

夕飯の献立《こんだて》の話をしようとしているのに気付いた慎司が慌てて眉を顰《ひそ》めると、亜希は、わかってます、というように口元をきゅっと結んだ。

「はじめまして、ここがサクラちゃんのおうちだよ」

家に着いてすぐに、紗良がリビングに駆け込んで段ボールを開けた。

段ボールの中から眩《まばゆ》い光が差すように見えた。まるで『竹取物語』で光る竹から現れるかぐや姫だ。

紗良がサクラちゃんを抱き上げた。ぎゅっと胸に押し当てる。

サクラちゃんはにこにこ口角の上がった顔をして、されるがままに動きを止めた。

「あっ」

次の瞬間、紗良が裏返った声を出した。

サクラちゃんがおしっこをしたのだ。

紗良の白いパーカーの胸元に、勢いよく黄色い染みが広がる。

「あらあら、家に着いてほっとしちゃったのね。そりゃ、真っ暗な段ボールに放り込まれて車で運ばれるなんて怖かったわよね」

亜希が素早く立ち上がって洗面所に駆け込んだ。

紗良はしばらく呆然《ぼうぜん》とした表情で、おしっこで汚れたパーカーと、きらきら輝くサクラちゃんのつぶらな瞳とを交互に見ていた。

それから眉尻を下げて、くくっと小さく笑った。

「ほら、紗良、洗剤バケツに準備したからパーカー入れて。おしっこって、ちゃんと漬け置き洗いしないと落ちないのよ」

洗面所から亜希が呼ぶ声。

「パパ、サクラちゃんのこと抱っこしてあげてて。着替えてくる」

紗良はサクラちゃんを慎司に託《たく》すと、「待っててね。すぐ戻ってくるからね」とサクラちゃんに甘い声で囁いた。

慎司の腕の中でサクラちゃんはほかほかと温かい熱気を放った。

ほんのわずかにおしっこの匂いがするような気がした。

そういえば紗良はおしっこをひっかけられても嫌な顔ひとつしなかった、と思い出す。

サクラちゃんはまだ不安なのだろう。慎司のジャケットの袖のボタンに鼻を押し当てて、肘のあたりに身を隠すように身体を収めた。

色づき始めた白桃みたいな肌だ。透明で柔らかい毛を撫でると気持ち良さそうに目を細めた。

この感覚を覚えていた。

初めて紗良を抱いたときの光景だ。

ほんとうは立ち会い出産になる予定だった。陣痛室では一晩中付き添って亜希の腰を撫で続け、ついに分娩室《ぶんべんしつ》に移動になったときには、いよいよ待ちに待った我が子との対面の時だと胸が躍った。

だが分娩室に入ってしばらくしたとき、急に紗良の心音《しんおん》が弱くなった。

今までどれだけ亜希が叫び声を上げても余裕の表情だった助産師さんたちが「先生、呼んできて」と、ひそひそ声の早口で話し出す。

「すぐに帝王切開《ていおうせっかい》でお願いします！　ごめん、悪いけど出ていって」

亜希は迷うことなくそう言って、慎司と握り合っていた手を叩きつけるように放した。

えっ、えっ？　なんて情けない声を出している間もなく、助産師さんたちに追い出された慎司は、褒められるとばかり思っていたところを叱りつけられた子供のように、魂が抜けた気持ちでビデオカメラの電源を切った。

結局、紗良の産声《うぶごえ》を聞いたのは、病院の廊下だった。

分娩室に呼ばれて慌てて駆け込んだが、亜希の姿が見えない。全身麻酔をかけられてまだ隣の手術室にいるという。

奥から一足先にやってきた紗良はびっくりするくらい熱くて、思ったよりはるかに力が強くて、頬っぺたに結構血が付いていたりして、正直ちょっと怖かった。

こんなに小さな赤ん坊、どう扱ったらいいのか見当がつかなかった。

それどころではないと頭ではわかっているのに、早く亜希に戻ってきて欲しい、なんて心細い気持ちになった。

「ほら、お父さん、しっかりして。ちゃんと胸のところで抱っこしてあげて」

助産師さんに強く促《うなが》されて、おっかなびっくり紗良を胸に押し当てたが、ぐっと押し返されてしまった。

もしもこのまま亜希が目覚めなかったら、僕はひとりでこの子を育てられるんだろうか、と思った。

――無理だよ。

急に不安でたまらなくなって、泣き出しそうになった。

亜希がいなくちゃ無理だ。僕には無理だから。だから早く無事に戻ってきて。

たいへんなことを始めてしまった。

ひとつの命を育てるというのはただ事ではない大仕事だ。受験や仕事や夫婦の関係など、これまでの慎司の人生で味わってきたささやかな困難を軽く凌駕《りようが》する、人生最大の苦労がこれから始まるのかもしれない。

結婚当初から子供が欲しかった。子供が生まれれば楽しいことばかりだと思っていた。そんな幻想を抱いていた自分はどれだけ浅はかだったのかと思った。

そのとき、紗良が目を開いて慎司を見上げた。きっと光が眩しかったのだろう。赤ん坊らしからぬ渋い顔をして、慎司のことをきりっと睨んだ。

ねえ、しっかりしてよ、と亜希によく似た声で言われた気がした。

顔を皺くちゃにさせてくしゃみをした。自分のくしゃみの音に驚くかのようにびくりと身を強張らせた。

あ、かわいいな、と思った。

胸の中に、勢いよく温かいお湯がとくとくと注ぎ込まれるような気がした。

大丈夫だ。僕はこの子とやっていける。

つい先ほどまでの今にも逃げ出しそうな不安な気持ちが嘘のように、力強い確信が胸の中にむくむくと湧き上がった。

僕は命を懸けてこの子を守る。悪い奴から。汚い世界から。不条理な悲劇から。底のない悲しみから。僕はこの身を捧《ささ》げてでも、必ずこの子を守ってみせる。

ほかほか温かいはだかんぼうの紗良を胸に抱いて、あのとき、慎司はそう胸に誓ったはずなのだ。

「……サクラちゃん」

慎司はサクラちゃんに優しく声を掛けた。

「ねえ、ちょっと、何考えてるの？　最初に汚れたところを手洗いしてから、漬け置き洗いをするに決まっているでしょう？　汚れ物をそのままバケツに入れるとか、あり得ないんだけど」

「最初から言ってよ！　ママが教えてくれないからいけないんじゃん！」

「常識でしょ？　これで綺麗になると思ったわけ？」

「みんながみんな、ママみたいにおしっこの洗い方に詳しいわけじゃないから！」

亜希と紗良の言い合う声が洗面所から聞こえる。

いちいち相手の気に障《さわ》る言い方を選ぶ険悪《けんあく》な調子だが、今日のところは怒鳴り合いに発展する気配がないだけ、お互いこれでもじゅうぶん機嫌が良い。

「サクラちゃん、紗良のこと頼むな」

サクラちゃんの桜の花びらみたいな耳に口を近づけて、小さな声で囁いた。

サクラちゃんは聞こえているのかいないのかわからない顔で、目をきょろきょろ動かした。

4

サクラちゃんは凄《すさ》まじい勢いで大きくなった。

ペットショップで貰った冊子には、あまりたくさんご飯をあげすぎないように、と書いてあった。だがサクラちゃんは朝から晩までご飯をねだる。初日からフードの入ったタッパーの存在をしっかり覚えて、ずっと棚を見上げてぶうぶう悲し気な声で鳴き続けた。

家に来た当初は、まだまだ成長期だから、なんていって欲しがるだけフードをあげていた。すると、たった一週間で嫌な予感を感じる大きさに成長した。

「ねえパパ、サクラちゃん、明らかにデカくなってるよね?」

紗良は慎司の引き攣った表情をまじまじと眺めて、満足そうな顔をした。

「きっと運動不足だよ。家の中にいると暇だから、食べることばっかりになっちゃうんだよ。私、今度公園にお散歩に連れていくね」

えっ、と思った。

この生活になってから、紗良が自分から外に出たいと言い出すのは、初めてだった。

買い物に行くときも、以前なら、いそいそとついてきて勝手にカートにいろんなものを放り込んでは亜希に怒られていた。だが最近は、車で少し遠出をするならば辛うじてついてくるが、歩いて近所のスーパーに行こうと声を掛けても返事もしなかった。

「明るいうちに行けよ。あの公園、夕方になると結構暗いから。それに蚊がすごいぞ」

「わかってるよ。そのつもり」

紗良はサクラちゃんをよいしょ、と胸に抱いて、頬にちゅっとキスをした。

もちろんこれから先も学校に行かないことを前提として話す自分に、これでいいんだろうか、と胸が騒ぐ。

だが、サクラちゃんが来てから、紗良は間違いなく変わった。

これまでの紗良は、いくら慎司や亜希が話しかけても、三角形の目をして黙って睨み付けてくるだけ、という場合がほとんどだった。

「ねえねえ紗良、サクラちゃんが……」

だがこんなふうに声を掛けると、驚くべきことに紗良は「え？　なに？　サクラちゃん、どうしたの？」と、幼い頃のままの素直な言葉を返してくれた。

まるで夢のようだった。

「ねえねえ紗良、サクラちゃんが変な格好で寝ているよ」

「サクラちゃん、窓の外のスズメが気になるみたい」

「サクラちゃん、牛乳吸って飲んでるぞ」

「サクラちゃんの鳴き方、法則があるってわかったぞ」

紗良の至って普通の反応が嬉しくて、そんな他愛《たわい》もないことを見つけては、いちいち話しかけた。

サクラちゃんのことをわざわざ話題にしなくたっていいのだ。

慎司がサクラちゃんの産毛にブラシをかけてあげたり、お尻をぺちぺち叩いてマッサージをしたり、「よしよし」と声を掛けたり。

そんな当たり前のことをしているだけで、紗良の放つ空気がほっと緩むのがわかった。

「もう、パパ、サクラちゃんのこと好きすぎでしょ」

やれやれと苦笑いを浮かべる紗良を前に、慎司は「そうだ、パパはサクラちゃんが大好きだよ」と心から言った。


紗良とサクラちゃんの初めての〝お散歩〟の日。

紗良は自分のお小遣いで買った小型犬用のリュックサック型のケージにサクラちゃんを入れて、自転車の前かごに乗せた。

「さあ、サクラちゃん、お出かけだよ。外の世界だよ!」

楽し気に声を掛けて、紗良は朝の住宅街へと勢いよく飛び出していった。

「サクラちゃんがそのへんに落ちてるものを食べないように、じゅうぶん気をつけるんだぞ。サクラちゃん、何でも一瞬で口に入れちゃうから」

「パパ、さすが。それ、すごい大事!」

久しぶりに外の空気を吸う紗良と、初めてのお散歩に出かけたサクラちゃん。

良い予感しかしなかった。

きっとサクラちゃんのおかげで、紗良は普通の生活へ戻る一歩を踏み出すことができるに違いなかった。

その日、慎司がいつもより軽い足取りで帰宅すると、暗いリビングでサクラちゃんがひとりつまらなそうにふて寝をしていた。

「あれ、サクラちゃん？　紗良は？」

サクラちゃんを抱き上げると、爪の間にわずかに洗い残しの泥が付いていた。

公園まで出かけたことは間違いなさそうだ。

首を捻《ひね》りながら二階の紗良の部屋に向かうと、そこもまた真っ暗だった。

「紗良、どうした？　サクラちゃん、下で寂しそうにしていたぞ？」

「うるさい」

ベッドで横になってこちらに背を向けた紗良が、冷えた声で答えた。

「えっ？」

紗良の不機嫌の理由がちっともわからずに、慎司は変な声で訊き返した。

「……ブタなんて飼わなきゃよかった。犬がよかった」

「おいっ！　なんてこと言うんだ！」

思わず語気を強めた。

サクラちゃんに聞かれたらどうするんだ、と本気で思った。

「出ていって！」

いきなりどうしたんだ。今朝まであんなに仲良くしていたじゃないか。サクラちゃんがいったい何をしたっていうんだ。

問い詰めたくても、あのテンションになってしまった紗良の殻を破ることは簡単ではない。

呆然とした気持ちで階下に下りると、いつの間にか帰宅していた亜希が参ったなあという顔で、

「今日、期末テストよ。私たちみんな、せめてそれくらいは把握《はあく》してなきゃいけなかったわ」と囁いた。

期末テスト。三十年近く前の話だが、今でもその言葉の持つ嫌な重みは忘れない。

「そうだったのか。紗良、やっぱりテストのこと胸に引っかかってたんだな。内申点も気になるんだろうし」

「何、言ってるの？　紗良は、そんな俗世《ぞくせ》からはとっくの昔に解脱《げだつ》してるわよ」

亜希が二階を見上げて肩を竦《すく》めた。

「それじゃあ……？」

「友達に会ったのよ。学校を休んでミニブタと散歩している姿を見られちゃったんでしょ」

思わず、あちゃー、と声が出た。

中学生の頃、世界のすべてにざわついていたあの気持ちを初めて肌で思い出したような気がした。

父親や母親がどれだけ惜《お》しみなく愛を注いでくれても、どれほど家が心地好くても、決して満たされないあの気持ち。

学校という小さな世界がすべてで、その世界の小さな綻《ほころ》びがこの身を削るほどの一大事として降りかかっていたあの時代。

深刻な悩みを抱えて不登校になっているはずのときに、ミニブタ、なんて素《す》っ頓狂《とんきよう》で呑気な動物を連れ歩く姿を同級生に目撃されるのは、あの齢《とし》の女の子にとって耐えがたい屈辱《くつじよく》に違いなかった。

「今は放っておくしかないでしょ。親が何を言ってもどうにもならないわよ」

亜希は間違いなく紗良のことを心から愛していて、紗良が立ち直ると信じているに違いない。でもこの人は、やはりこんな場面にしてはちょっと冷たすぎる。

迷った末、亜希が風呂に入っている隙に慎司は再び紗良の部屋に戻った。

「なあ、紗良」

「うるさい。出ていって、って言ってるでしょ！」

布団を叩きつけて、鬼の形相《ぎようそう》で跳ね起きようとしていた紗良の息が止まった。

ぶひっと鳴き声が響いた。

「何してんの？」

紗良は呆気に取られた顔で、慎司と腕の中にいるサクラちゃんとを交互に見つめた。

「サクラちゃん、一緒に連れてきちゃったよ」

慎司は腕の中のサクラちゃんをあやすように揺らした。

サクラちゃんが笑顔としか言い表すことができないような顔をして、目を細めた。

「なんで？」

紗良は気を取り直そうとするように眉間に深い皺を寄せた。

慎司は少し考えた。なんでだろう。

サクラちゃんが一緒ならば、この強張った雰囲気が解《ほぐ》れると思ったからだ。紗良が刺々《とげとげ》しい態度をやめて、素直になってくれると思ったからだ。紗良はサクラちゃんを前にしたら、きっとさっきみたいな酷《ひど》いことを言わない子だと信じているからだ。

「……かわいいから。サクラちゃん、かわいいから」

慎司が呟くと、サクラちゃんがぶひっと鼻を鳴らした。

「何それ」

紗良が強面《こわもて》の男みたいに、尖った目元に眉だけ下げて顔を歪めて笑った。

それからすべて諦めたように寂しそうに笑った。慣れた様子で手を差し伸べてサクラちゃんの頭を撫でる。

「サクラちゃんがかわいいのは、当たり前だよね？」

サクラちゃんに向かって優しく声を掛ける。

サクラちゃんは嬉しそうにぴいぴい鳴きながら、小さな尾っぽを振りまわして紗良に愛嬌《あいきょう》を振り撒《ま》いている。

「いい子、いい子、大好きだから。何も心配いらないよ。大丈夫」

紗良は慎司の腕からサクラちゃんを奪い取ると、何度もそう囁いた。

それからほんの半月ほどで、サクラちゃんの外見は大きく変わった。

サクラちゃんは小型犬用のリュックはもちろんのこと、自転車の前かごにも後ろかごにも入らないくらい巨大に成長した。

サクラちゃんは、まっすぐ歩くことが苦手だ。いつも少し円を描きながら大きなSの字に進む。

鼻掘り、と呼ばれる鼻で土を掘る行動が大好きで、街路樹の根元や誰かが大事に育てている花壇など、東京の地面の数少ない土を見つけると飛んで行って鼻で掘り返そうとするのを、渾身の力で押さえ込んだ。

犬のようにリードをつけて車に気をつけながら公道を散歩するなんて、とてもじゃないけれどできない。

そして家の中は凄まじいことになった。

サクラちゃんは家の中のすべての繊細《せんさい》なものを、一撃であっさりと破壊した。

最初はスリッパだった。

ずたずたに切り裂かれて底の厚紙が剝き出しになった紗良のスリッパを見つけて、「ちゃんと片付けておかないからでしょ」と亜希が得意げにお小言《こごと》を言った。

次はパントリーに買い置きしてあった、ミネラルウォーターのペットボトルだった。

「ペットボトルに穴を開けちゃうなんて、サクラちゃんって、顎の力、結構強いんだね」

なんて紗良と言い合いながら、夜勤から戻る亜希に見つかる前にと慌てて水浸しになったキッチンの床を拭いた。

それから毎日何かが壊れた。マガジンラック、観葉植物、間接照明のライト、座椅子、床に置きっぱなしにしていた紗良のリュックサック。

ある日、ホットカーペットが八つ裂きにされて電線が剝き出しになっているのを見たときに、さすがにこれはまずいと気付いた。

お留守番のときだけはケージに入ってもらうということも考えた。だが、当時既に四十キロあったサクラちゃんが本気で体重をかければ、犬猫用の鳥かごみたいなケージなんて一瞬で破壊してしまう。

かといって、サーカスで猛獣が入っているような鉄製の頑丈な檻《おり》を家に置くのはさすがに躊躇した。

つまり家の中では、サクラちゃんが壊すことができるものを徹底的に排除しなくてはいけないのだ。

サクラちゃんの破壊行動のおかげで、リビングは常にモデルハウスのように片付いていた。

成長したサクラちゃんは人間よりもはるかに大きくて強い動物だった。

小山のような身体で家を揺らしながらどすどすと歩きまわるサクラちゃんを見ていると、サクラちゃんが本気で怒って襲い掛かってきたら、きっと慎司の力だって太刀打《たちう》ちできないと思った。

幸い、サクラちゃんはとても心優しくて甘えん坊なミニブタだった。どれほど紗良にしつこく撫でまわされても、亜希に叱られても、慎司に邪険にされても、家族を相手に険しい顔で睨みを利かせたことは一度もない。

けれども朝六時に餌を貰えないと、机や椅子の足がボロボロになるまで噛んでしまう。トイレの掃除が行き届いていないと、抗議の意味を込めて革張りのソファの上で滝のようなおしっこをした。

運動不足が続くと、鼻掘りでカーテンや壁紙をばりばりと引き剝がしてしまった。

5

サクラちゃんがフローリングで滑《すべ》って前脚の爪を割ってしまったことがあった。サクラちゃん自身はまったく動じる様子はなかったが、結構な量の出血があって、廊下に点々と赤い足跡が付いた。

ちょうど亜希のいない土曜日だったので、慎司と紗良は大いに慌てふためいた。

「パパ、たいへん！　動物病院に連れていかなきゃ！」

「そ、そうだな！　確か、近所に古い動物病院があったはずだけど……」

二人で大騒ぎしてサクラちゃんをバスタオルで包み、車に飛び乗った。

住宅地の奥へ車で二分ほど進んだところにある動物病院は、思っていたよりもずっと古びていてずっと小さかった。

もちろん専用の駐車場なんて見当たらないので、後部座席から紗良に「早く、早く！」とせかされながら、しばらくコインパーキングを探して動物病院の周囲をぐるぐる回る羽目になった。

「すみません、ミニブタなんですが、診ていただけますか？　脚を怪我してしまったみたいなんです」

動物病院のドアを開けると、むっと動物と消毒薬の匂いが漂った。他の患者さん、飼い主さんの姿はない。

「こんにちは。ミニブタですか！　お任せください！」

受付で目を輝かせて対応したのは、まだずいぶん若くて華奢で色白で、中性的な顔立ちをした青年だった。

亜希が仕事で着ているものと同じ、作業着のように動きやすそうな紺色の上下、通称〝スクラブ〟にクロックスのサンダルを引っ掛けた姿だ。

青年はプラスチック部分が黄色く変色した古い電話機を耳に当てて、「先生、初診の、ミニブタさんが、いらっしゃいましたよ」とゆっくり大きな声で言った。

「どなたかのご紹介ですか？」

青年がクリップボードに留められた問診票とペンを差し出す。

「いえ、この近所に住んでいるので」

慎司は背後を指差した。

「そうでしたか、それは運がいいですね！　ミニブタの診察をしている動物病院は、都内でもそうそうありませんよ。うちの患者さんでいちばん遠くの方は、群馬県から片道二時間かけていらしてくださいます」

「えっ」

ひやりとした。

ペットショップではそんなこと一言も言っていなかった。ペットショップで気軽に売っているのだから、その近くの動物病院で普通に犬猫と同じように診てもらえるものだとばかり思っていた。

「うちの院長は、若い頃、家畜診療所で働いていたので、ブタの診察はむしろ得意分野なんです」

青年は慎司を安心させるようににっこり笑った。

しばらくして現れた院長は、白髪のお爺《じい》さんだった。

動物の毛がたくさん付いたくたびれたトレーナーに、膝が破れたジーンズ姿が妙に若々しくてちぐはぐだ。動きはゆっくりでどこかぼんやりした雰囲気で、失礼ながらこんな高齢の獣医さんで本当に大丈夫なんだろうかと少し心配になった。

院長はサクラちゃんの顔をまじまじと眺めてから、ちょいと頭を撫でた。それから背中を撫で、お尻を撫でた。

サクラちゃんはいまいち状況がわかっていない様子で、でも優しく撫でてもらったことはわかる顔で、ぶうぶう鳴いていた。

と、院長が素早くサクラちゃんの前脚をがしりと摑む。まるでプロレスラーのように迷いのない動きでサクラちゃんの身体に腕を回し、動きを封じ込める。

「院長の必殺技、〝獣医ホールド〟です。院長はどんな子でも一瞬で保定《ほてい》できるんです」

青年が憧れの目で院長を見つめた。

院長が傷口を確認した。サクラちゃんは一瞬だけはっとした顔をしたが、すぐに神妙な様子でおとなしくされるがままになっていた。

「……リンデロンを塗って。あと、爪切り」

院長は青年に向かってそれだけ命じると、慎司とも紗良とも目を合わせることさえなく、さっさと奥に戻ってしまった。

「僕の手に負える程度の怪我でしたね。よかった、よかった。おうちでも定期的に爪切りをするようにしてあげてくださいね。あ、ちなみに爪切りですが、今は人間用のもので代用できますが、すぐに使えなくなります。なるべく早くに馬用の爪切りを買っておいてくださいね」

「馬用……」

紗良がひえっと声を上げた。

青年は手際よくサクラちゃんの爪をぱちぱちと切ると、割れて血が滲んだ部分に軟膏《なんこう》を塗り込んだ。

「はい、できあがりです。お静かにご協力ありがとうございました。すぐによくなりますよ」

青年がサクラちゃんに向かって頭を下げた。

「どうもありがとうございます。看護師さん……ですか？」

慎司が訊くと、青年は、いいえ、と恥ずかしそうに笑った。

「一応、獣医師の見習いです。昨年、獣医学部を卒業したばかりなんです。新卒で別の仕事に就こうとしていたところを、偶然、ここの院長に拾ってもらいました」

「別の仕事？　獣医学部って、獣医さんになるための勉強をするところじゃないの？」

紗良が耳ざとく聞きつけて首を傾げた。

「サクラちゃんって、素敵なお名前ですね。まさに名前のとおりの、サクラちゃん、ってお顔をしていますね。どなたが考えたんですか？」

青年が紗良に向き合った。

女の子のように綺麗な白い肌で繊細そうな長い睫毛。顔立ちは整っているが、いかにも頼りない雰囲気の獣医さんだなと思う。先ほどの仙人のような院長とは真逆の風貌だ。

「私だけど……。別に何も考えないでノリで決めただけ。トンカツとかでもよかったし」

紗良が少し頬を赤くして口元を尖らせた。

「それも可愛らしいですね。うちの患者さんにも、トンカツさんとトンコツさんという兄弟がいます。他には、トンテキさん、ポークさん、ローズさん、ハムちゃん、ブタドンさん、なんて名前のミニブタさんもいますね」

「なんだか悪趣味ですね」

慎司は思わず苦笑いを浮かべた。

「ちっともそんなことありませんよ。だって皆さん、ペットのミニブタさんのことは何があっても食べたりしませんもの」

青年がサクラちゃんの頭をよしよしと撫でた。サクラちゃんはちゅっとキスをするように、青年の頬に鼻をぺたんと当てる。

「ワンちゃんや猫ちゃんに、ミルク、チョコ、モモ、プリン、って食べ物のお名前を付けるのと変わりませんよ」

そんなものだろうか、と思いながら、なんだか不思議な気持ちのままお会計を済ませて動物病院を後にした。

帰り道、紗良が「変な動物病院」となぜか少しご機嫌な声で言った。

6

実をいうと慎司は心のどこかでほんの少しだけ、こんな生活が続くのも悪くないなと思っていた。

きっと亜希に知られたら、すごくすごく怒られるけれど。

小さい頃から学年でいちばんちっぽけで痩せていた紗良が、この数ヶ月で、明らかに頬がふっくらして背もぐんと伸びた。何かに苛立《いらだ》つように尖っていた目が、ずいぶんのんびりと優しくなった。

好きな時間にごろごろしてお菓子を食べて、あまり外に出ない生活のせいで、だらしない生活に慣れてしまったのだと言われればそれまでかもしれない。だが慎司には、紗良はやっと一休みをすることができてほっとしているように見えた。

思えば紗良は生後半年で保育園に預けられた。それから六歳まで週に五日、毎日十時間近くの保育園生活を送り続け、小学校に入ってからは放課後に学童《がくどう》、習い事、と常にスケジュールがぎっしり詰まっていた。

親が一緒にいることができない時間は、安全な場所で充実した時間を過ごして欲しい、と亜希と真剣に考えたことだ。紗良にとってただ良かれと思ってやったことだ。毎日、ほっとする間もないくらい疲れ切らせて、いじめてやろうなんて考えているはずもない。

でも紗良はきっと、すごくすごく疲れていたんだ。

常にたくさんの人の間で過ごせば、寂しさを感じる暇がないのは間違いない。けれど同時に紗良は生まれてからずっと誰かの顔色を窺《うかが》っていて、少しも気の休まるときがなかったんじゃないか。

だからきっと、周囲が見逃してしまうような、そして本人にとっては命に関わるほど重大な何かをきっかけに、紗良は学校に行かないと決めてしまったのだ。

長い人生の間のほんの数ヶ月だ。大好きなサクラちゃんと一緒に過ごして十四年分の疲れをじっくり癒す休暇は、悪いことではないような気がしていた。

「面談に来てくださいって。担任の先生だけじゃなくて、校長先生、副校長先生も同席するので、必ずご両親揃っていらしてくださいって」

帰宅してからようやくスマホの留守番電話に気付いた亜希は、「だから、私じゃなくて、お父さんに連絡して、って言ってるのに」とぶつくさ言いながら、その場で録音をプチッと消した。

さっき夕ご飯を食べたばかりのサクラちゃんが、わたしは今日まだ一度もご飯を貰っていないんです、とでもいうような哀れな顔をして鼻を鳴らしながら、亜希の足元をどすどす歩きまわる。

紗良はちょうど風呂に入っていた。

「それで、どうするの？」

亜希が両腕を前で組んだ。

「面談に行くよ」

「そんなの当たり前でしょ。必ずご両親揃って、って言われてるの」

鋭く一喝《いっかつ》された。

「私が言っているのは、紗良の今後のことよ。あれからもう三ヶ月よ。いつまでもずっと、こんな引きこもりの自堕落《じだらく》な生活をさせるわけにはいかないわ」

サクラちゃんがぶうぶう、といかにもブタらしく鳴いた。

「一刻も早く学校に通わせなくちゃ。人間は群れの中で暮らす社会的な動物よ。思春期の大事な時期に他人との関わりを絶ってしまったら、大人になったときに社会に適応できなくなっちゃうわ」

亜希が自分の言葉に追い立てられるように、急に上ずった声を出した。

サクラちゃんが亜希のふくらはぎにスタンプのように鼻をぺたぺた押し付けていたが、亜希はまったく意に介さない様子ですっと足を引いた。

亜希は今までずっと、自分の不安を表に出さないように抑えていたのだ。

「転校させるとか、そういうことを考えたほうがいいのかな」

「それ、ずいぶん前に私が提案したよね？　そのときは、そんなに一気に環境を変えたら紗良の負担になるんじゃないか、とか言ってなかった？」

亜希の声は、憎しみを感じるくらい険しい。

「あのときは、まだもう少し様子を見ようと……」

「ねえ、ちょっと、いい加減にしてくれる？」

亜希がぐいっと身を乗り出して、慎司を睨み付けた。

「あなたって、どうしていつも――」

ざざーっ、と何かが勢いよく流れ出す音が響き渡った。

お互い顔を見合わせたまま、えっ？　と表情を強張らせた。

「何の音？」

亜希が恐る恐るという様子で音の聞こえた玄関のほうに目を向けた。

その瞬間「やだっ！」と叫んで頭を抱えた。

「帰りにお米、買ってきたのよ。重いから、まだ玄関のところに置いたままだったの。ひとまず留守電聞いたり、いろいろ済ませてからキッチンに片付けようって思って……」

亜希が言い訳をする子供の顔で、ぶんぶんと首を横に振った。

「嘘だろっ！」

慎司が飛び出すと、玄関ではサクラちゃんが破れた袋から流れ出すお米をむしゃむしゃと食べながら、さらにお米の山に鼻掘りを挑んでめちゃくちゃに米粒を飛び散らせて満足げにお尻を揺らしていた。

お米は今もまだざあざあと大雨のような音を立てて流れ続けて、土間に降り注ぐ。慎司の革靴や亜希のスニーカー、紗良のビーチサンダルを埋め尽くす勢いだ。

「やだ、やだっ、新米のコシヒカリよっ！　十キロもあるのよっ！」

亜希が悲鳴としか言い表せない声を上げた。この人は十キロのお米をスーパーから担いで帰ってきたのか、とちょっと驚く。

「どうしたのー？　あっ！」

濡れた髪を拭きながら風呂から出てきた紗良が、目を丸くした。

「サクラちゃん、今日はずいぶん派手にやったねえ」

「何、のんびりしたこと言ってるの！　ああもう、これ、どうするのよ。掃除機、使っちゃっていいの？　もうやだ、なんてもったいないことするの！」

今にも頭を掻き毟《むし》りそうな亜希を、紗良は面白そうに眺めた。

「ママが、こんなところに置いておくからだよ。サクラちゃんは悪くないよ。ね？」

サクラちゃんはお尻をぽんと叩かれても気付かずに、生のお米をむしゃむしゃ食べ続けている。

「わかってるわよ、そんなこと。ぜんぶママが悪いのよ。ああ、もう、ほんとうに最悪！　今から大掃除だから、みんなあっちに行っていてちょうだい」

亜希が、はあっと大きく息を吐いた。

「サクラちゃん、おいで。そこにいると、ママに食べられちゃうよ」

紗良がサクラちゃんをお米の袋から力いっぱい引き離した。

「そうよ、こんな悪いことして。サクラちゃん、あなたこの家のみんなが優しくてよかったわね。厳しい家だったら、トンカツにされていたわよ！」

「おいおい、やめろよ。かわいいかわいいサクラちゃんを食べるはずがないだろう」

慎司はサクラちゃんの頭をよしよしと撫でた。

サクラちゃんはにこにこと口角を上げて小首を傾げると、慎司の手をがりがり齧《かじ》った。

7

紗良の学校の先生たちとの面談の日は近づいていた。

それなのに紗良はおろか亜希とさえ、きちんと話し合いができない日々が続いていた。

亜希が取り寄せた分厚い封筒が家のポストに次々と届く。私立の学校やフリースクールのパンフレットだ。封を切って食卓の上に重ねてあったものを手に取って中身を見た。

中高一貫校の女子校のパンフレットに出ている生徒の素朴そうな姿に、なかなか良さそうな学校だ、と思ったり。ギフテッド教育にも対応しているようなフリースクールの高額な費用に目を剝いたり。山村《さんそん》留学の資料を眺めて、全寮制だとちゃんと書いてあるのに、仕事を辞めて家族皆で島に移住する未来を思い描いたりもした。

齢を重ねれば、外に目を向けるのは難しいことではない。

大人は外の世界が怖くないことを知っている。この世界のどこかに必ず紗良がのびのびと暮らせる場所があるに違いないと信じることができる。

亜希が付箋《ふせん》を貼っているものを見ると、受験勉強に追い立てられるわけでもなく、極端に特殊な教育方針を売りにしているわけでもなく、いろんな加減がちょうどいいところばかりが選ばれていた。さすがだ、と思う。

パンフレットを捲《めく》っていると新しい風が吹くようで、少しずつ気が楽になってくる。

でもほんとうは、僕が向き合わなくてはいけないのは紗良本人だ。

真っ青な空が広がる秋晴れの休日、慎司はサクラちゃんを連れて海に行くことにした。

「それ、最高！　サクラちゃん絶対、砂浜とか大好きだよ。思う存分、鼻掘りできるね」

紗良を誘うと、うんと小さい頃に「公園に行こう」と声を掛けたときのように、ぱっと満面の笑みを浮かべた。

首都高《しゅとこう》から第三京浜《だいさんけいひん》と横浜横須賀《よこはまよこすか》道路《どうろ》を通って、逗葉新道《ずようしんどう》を抜けて海岸線へと向かった。

同じ湘南《しょうなん》の海でも、鎌倉《かまくら》の由比《ゆい》ガ浜《はま》や江《え》ノ島《しま》の浜辺は若者が多い。

サクラちゃんはすごく人目を惹く。デート中のカップルや、大はしゃぎの女の子のグループに囲まれて騒ぎになってしまうのは居心地が悪い。

結局、葉山《はやま》御用邸から横須賀の秋谷《あきや》というエリアに向かうところにある、長者ヶ崎《ちょうじゃがさき》という小さな岬の駐車場に車を停めた。

小さな駐車場には海を背に、よろず屋、と呼びたくなるような古いお店があって、お菓子やアイスクリームを売っていた。

駐車場から半分砂に埋まった急な階段を下りると、そこには引っ繰り返ったボートがたくさん並んだ、こぢんまりした浜辺が広がる。

空と海の境目がわからなくなるくらい良い天気だけれど、遠くに米粒のように年配の夫婦らしき姿が一組見えるだけで、他に浜辺に人の姿はない。

「サクラちゃん、海だよっ！」

紗良がリードをつけたサクラちゃんを浜辺に下ろすと、サクラちゃんはまるで今まで何度もここに来たことがあるような平然とした様子で、とことこと歩きまわった。

海風に目を細めて、鼻先を空に向けてふがふがと動かす。

ふいにはっとしたように、凄まじい勢いで鼻掘りを始める。横顔は傍《はた》から見ていて嬉しくなるような満面の笑みだ。サクラちゃんはずっとこうしたかったんだな、と思う。

濡れた砂がぶわんぶわんと勢いよく飛び散った。慌てて背を向ける。

「パパ、タオル持ってきた？」

紗良がスニーカーの足の甲の上に溜まった砂を手で払った。

「もちろん。うんと大量に持ってきたよ」

「さすが！」

二人で顔を見合わせて、にやっと笑った。

サクラちゃんはそのまま慎司のことも紗良のことも少しも振り返らずに、砂塗《まみ》れになって穴を掘り続けた。

鼻をぐっと砂の奥まで押し込んで、どばっと砂を撒く。その動きをひたすらずっと繰り返す。まるで砂の中に埋まった宝物を探しているような必死の様子だ。

ピンク色の肌に砂がたくさん付いていて、なんとなく灰色っぽいブタになってきた。

紗良は最初のうちは「ねえ、ねえ、あっちに行ってみようよ」とサクラちゃんのリードを引っ張って海辺を散歩しようと試みていたが、早々に無理だと悟ったようだ。それからはブルドーザーのように浜辺をじわじわと進むサクラちゃんの姿を、心底可笑《おか》しそうに笑いながら眺めていた。

思っていたより風が強い日だった。波の音が大きい。どーん、どーん、ざあざあと、時々、ちょっと身構えるような大きな音がする。

鳶《とんび》が二羽、役割分担をしているかのように空を隈なく飛んでいた。


すごくすごく昔に、慎司はここへ来たことがあった。

紗良が生まれる前、亜希の二回目の妊娠が、再び胎児《たいじ》の心音が確認できなくなり途中で終わってしまったことを知った頃だった。

駐車場のよろず屋でアイスクリームを買って、二人で並んで長者ヶ崎の海辺を歩いた。

亜希が買ったのはプラスチックの帽子のような蓋《ふた》を外して食べるソフトクリーム。慎司が食べていたのは中に板チョコが入ったアイス最中《もなか》だ。しっかり覚えている。

「元気出してね。次の治療はきっとうまく行くわ。私、まだまだいくらでも体力あるもの。諦めないわ」

亜希がこちこちに凍った硬いソフトクリームを、大きな口を開けてがりっと齧った。

「妊娠十週までの流産の確率って、とっても高いのよ。母子手帳を交付するのを、八週以降にしているのには理由があるの。そんなに深く気にすることじゃないから」

亜希が看護師の顔で、てきぱきと言葉を繰り出した。

どんっと、力づけるように慎司の背を叩く。

慎司は何と答えたらいいのかわからずに、眉を下げて足元を見つめていた。

亜希が真夜中にトイレに籠って泣いているのを知っていた。そして次の朝までに腫れた目を冷やしてちゃんとお化粧をして、今まで以上に元気いっぱいに振る舞っているのも知っていた。

どうして僕のことを頼ってくれないんだろう、と寂しくなった。

けれどもすぐに、無理もないんだ、と思う。

帰宅してすぐ、どうやら流産になってしまった、と亜希から聞かされたとき、慎司は子供のようにしくしくと泣き出してしまったのだから。

「ごめんね。私のほうは大丈夫よ」

いちばん辛いはずだった亜希にそんな台詞《せりふ》を言わせて、僕はしばらく涙が止まるまで、背中を撫でてもらったのだ。

「それで、治療再開はいつからにする？　私としては最短で始めたいと思っているけれど、慎司の仕事の都合とかもあると思うし――」

「ねえ、亜希」

慎司は足を止めた。

「何？」

亜希が話を遮られたことに少々驚いた様子で、挑むような目を向ける。

「どうして……」

どうしてそんなに強く振る舞うの？　どうして悲しみを全力で隠そうとするの？　どうして僕に頼ってはくれないの？　亜希は、どうしてこんな僕と――。

「うわっ!!」

目から火花が飛び散った。

背後からいきなり誰かにぶん殴られた。

前のめりに昏倒《こんとう》する。

「いやっ！　きゃっ！」

いつだって落ち着いているはずの亜希の声とは思えない、動揺した甲高い悲鳴。

腰が抜けたようになったまま慌てて身を起こすと、目の前で真っ黒な羽根がひらひらと落ちる。

大きな鳶が、慎司が砂浜に落としたアイス最中を拾って飛び上がるところだった。

「鳶か……。驚いた。一体何が起きたのかと……」

荒い息をして立ち上がる。身体中が砂塗れだった。

「ああ、びっくりした。鳥ってアイス食べるのね」

亜希が手早く慎司の服をぽんぽんと叩いて、砂を落とした。

「野生の動物だから、よく見てるわ。どっちが弱そうか、どっちだったら簡単に倒せて獲物《えもの》を奪えそうか、ちゃんとわかるのよ。残念だったわね。半分あげるわ」

亜希は慎司の髪に付いた砂を優しく払って、自分の手にしっかり握ったソフトクリームを得意げに差し出した。

「ねえ、なんか鳶が集まってきてるんだけど。サクラちゃん美味しそうに見えるのかなあ。その気持ちはすごいわかるけどさ」

紗良の言葉にぎょっとして空を見上げると、いつの間にか鳶の数が増えていた。

慎司と紗良が無防備にお弁当でも食べ始めないかと待ち構えているのかもしれない。さすがにサクラちゃんを獲物と思っているわけではないと信じたいが、頭上で黒い影にぐるぐる旋回《せんかい》されているのはとても居心地が悪い。

紗良が「目が合ったら威嚇してるから、大丈夫だよ」と、リードの端をぐるぐる振りまわした。

「でも、サクラちゃんが嘴《くちばし》でつつかれたら困る。パパ、追い払ってよ。よろしく」

あっさり言って頭上を指さす。

「……追い払うって、どうしたらいいんだろう」

「強そうに見せればいいんじゃない？　『これは俺の獲物だ！　あっちへ行け！』って態度で示すの」

俺の獲物だ、と言ったところで、紗良は砂の中を進むサクラちゃんのお尻をぺたりと叩いた。

「おーい！　あっちへ行けー！」

慎司は空に向かって両腕を振りまわした。

「なんか、言い方が優しすぎ。簡単に倒せそう」

紗良が苦笑いを浮かべた。

簡単に倒せそう。どこかで聞いたことのある言葉だ。

ええっと、それじゃあ――。

大きめの流木を拾ってきて、頭上で振りまわした。

「あっちへ行けったら！」

少し低い声で、強い口調で言ってみる。

鳶たちは面倒くさそうにのろのろ大きな輪を描いて飛ぶが、まだ飛び去っていく様子はない。

「野生動物は、目を睨むといいんじゃないかな。山で熊に遭遇《そうぐう》したら、目を逸らしちゃいけないって言うでしょ」

紗良が自分の目元を指さした。両足を開いて腰に手を当てて仁王立《におうだ》ちになり、顎を空へ向ける。

「あっち行け……ってね」

紗良の横顔が歪む。怒りを込めて睨み付ける。鼻先に皺が寄る。唇が強く結ばれて白くなる。長い睫毛に覆われた潤《うる》んだ目が、大きく見開かれた。

「わかった、パパもやってみる」

慎司は紗良の横に並んだ。二人で背中でサクラちゃんを囲んで守るようにして。紗良と同じ仁王立ちになって空を見据えた。

くるくる頭を回してこちらを見ている鳶に向かって、力いっぱい睨みを利かせる。一羽が顔を背けたら、次はお前だ、とターゲットを定める。頭上遠くに浮かんだ小さな小さな影の、さらに小さな黒い瞳をしっかりと目で捉えて、「あっちへ行け！」と心の中で力いっぱい叫ぶ。

背後から不意打ちされないように四方に目を配る。攻撃なんてするつもりはありませんよ、と誤魔《ごま》化《か》した様子でさりげなく目を逸らす卑怯《ひきょう》な奴には、一層強く睨みを利かせる。

俺たちに決して近づくな、と胸の中で何度も唱え続ける。

サクラちゃんに近づくな、紗良に近づくな、俺はお前たちよりもずっとずっと強いんだ！　あっちへ行け！　いなくなれ！

「あっ……」

魔法のようだった。

鳶たちが一羽、また一羽と遠くに飛び去っていく。

「すごい！　追い払ったね！　私たち、ぜーんぶ追っ払った！」

紗良が飛び上がって手を叩いた。

何が起きていたのかなんてまったく知らないサクラちゃんが、ふがふがいいながら後ろ脚で勢いよく砂を飛ばした。

「うわっ、いててて」

砂粒が結構多めに慎司の目に入った。痛くて痛くてたまらない。

慌てて顔を伏せてしばらく目元を押さえていると、目頭から一粒の涙がぽろりと流れた。

「ねえ、紗良」

顔を上げると、紗良が心配そうにこちらを覗き込んでいた。

「え、何？」

慎司の声に潜むものに気付いたのか、紗良が怪訝そうな顔をする。

「これからどうしようか？」

慎司は砂粒の混じった涙を親指で払って、紗良のことをまっすぐに見つめた。

「お前が決めろ、って意味じゃないよ。お前にとっていちばんいい方法を、パパとママと、一緒に考えよう」

紗良はその話なのか、とうんざりしたような顔をした。そのためにここへ連れてこられたのか。騙《だま》された、とでもいうような苛立った顔だ。

「いきなり何なの……」

サクラちゃんがぶうっ、と怒ったように鳴いた。もう一度、ばばばばっと砂を飛ばしてくる。

「わっ」

また目の中に砂が入っては敵《かな》わない。二人で慌てて顔を押さえた。

「もう、サクラちゃん、やめてったら。もうじゅうぶん遊んだでしょ。楽しかったでしょ。そろそろ帰らなきゃ」

砂の飛び散る激しい音の向こうで、紗良の案外優しい声が聞こえた。

8

七年が過ぎた。

あれから紗良は編入試験を受けて、自宅から電車とバスを乗り継いで一時間くらいのところにある中高一貫の女子校に転校した。

美術大学の付属校でのんびりした校風のところだ。先生も生徒も芸術家肌というのか、どこか紗良に似た浮世離れしている雰囲気で、校長先生は限りなく赤に近い茶髪でおかっぱ頭、黒ずくめの服を着た年配の女性だった。

新しい学校に通い始めてすぐに、紗良はずっと伸ばしていた髪をばっさり切った。襟足を刈り上げて、まるでスポーツをやっている男の子のようなショートカットになった。

転校したからといって、学校が大好き！　毎日が楽しい！　という底抜けに明るいキャラクターにはならなかった。前みたいに頭とお腹が同時に痛い、なんて言って学校を休むこともしょっちゅうあった。

そのたびに慎司は、長い時間をかけてサクラちゃんのことを撫でた。身体の悪いところを摩《さす》ると治してくれるというお地蔵さんのように、心を込めて、祈りを込めて、ひたすら撫でた。

そんなサクラちゃんのご利益《りやく》のおかげか、紗良はその学校をどうにかこうにか無事に卒業して、系列の美術大学のデザイン科に進学した。


サクラちゃんが突然、立ち上がることができなくなった。

確かに前の日の夜、階段を上るときに少しふらついて何度か滑っていた。けれども食欲はいつもと変わらず旺盛《おうせい》だったし、背中を叩いてあげると、まるでリズムに合わせて歌っているように嬉しそうに鼻を鳴らす姿もいつもどおりだった。

その朝、紗良は駅前のカフェにアルバイトに出ていた。亜希はいつものように朝六時には家を出ている。

慎司は二人が忙《せわ》しなく出かけていった朝のリビングで、テレビのニュースを見ながらクロワッサンを齧っていた。

大きく口を開けて注意して食べていたつもりだったが、クロワッサンのぱりぱりした欠片《かけら》がひとつ床に落ちた。

いけない、いけない、と慌てて腰を浮かせて素早く拾い上げた。いつだって食卓からの落とし物を虎視眈々《こしたんたん》と狙っているサクラちゃんが今にも突進してくるぞ、と身構えた。

「あれっ？」

怪訝な気持ちで周囲を見まわした。

床の上でべったり横になったサクラちゃんが、挨拶をするようにぶうぶうと鼻を鳴らした。顔つきはいつものようにつぶらな瞳がきらきらして、口元はにっこり笑っている。

「サクラちゃん、どうしたの？」

サクラちゃんは全身を横たえたまま、ぴくりとも動かない。顔だけはぜんぜん何も問題はないよ、平気だよ、とでも言っているようなしれっとした様子に、かえって胸が騒いだ。

少し迷ったけれど、職場に「急な歯痛のため、歯医者に行きます」と嘘をついて半休を取った。

嘘は嫌いだった。「大丈夫ですか？　歯の痛みはすごく辛いですよね。どうぞお大事に」と気遣ってくれた電話口の同僚に、ずしりと罪悪感を覚えた。

けれどもペットのミニブタの具合が悪いので、病院に連れていかせてください、とそっくりそのままの台詞で職場に頼むことはできない。こんなに大事な家族なのに。明らかに異変を感じるとても深刻な状況なのに。どうしてできないのかわからないけれど、でも絶対にペットを理由に仕事を休むなんてふざけたことはできないのだ。

サクラちゃんを後部座席に乗せて、車で二分の動物病院に向かった。

ずっと昔に紗良と一緒に行ったときに車を停めた駐車場は、建売住宅に変わっていた。

一から駐車場を探し直したら、病院から徒歩十分ほどのコインパーキングしか見つからなかった。

慎司は後部座席に横になったサクラちゃんの身体に両腕を回した。

うんっ、と力を込めてサクラちゃんの身体を抱き上げた。ほんの少しだけサクラちゃんが宙に浮く。

ほんの数秒で額にわっと汗が滲んだ。噛み締めた奥歯がぎりぎりと鳴る。

無理だ。

七十キロ近くある身体。それもぐったりと力を失っている身体を慎司ひとりの力で抱き上げて、動物病院まで運んで行くことはできない。

もう一度車をパーキングから出して、動物病院の前でサクラちゃんだけを降ろしたほうがいいんだろうか。いやしかし、あの動物病院の前の道はかなり細かった。サクラちゃんを運んでももたしている間に、もしも車が来たら……。

「ブタさんだっ！」

女の子の声に振り返った。

通りすがりの小学校低学年くらいの女の子が、後部座席を目を丸くして覗き込んでいた。

ツインテールというのだろうか。髪の毛を犬の耳のように二つに結んで、丸い目をくるくるさせてサクラちゃんのことをじっと見つめる。

「そうだよ。今、病気で苦しいから、病院に行くところなんだ」

サクラちゃんは子供が大好きだ。大騒ぎの小学生の集団に囲まれても、いつもだったらにこにこぶうぶういって喜んでいた。慎司も普段ならこんなときはリードをしっかり握って、サクラちゃんの頭を撫でさせてあげていた。

でもさすがに今日はサクラちゃんと遊ばせてあげることはできない。興味津々の様子でサクラちゃんを見つめる女の子のことを少しかわいそうだな、と思いながらも、きっぱりと答えた。

「ブタさん、病気なの？」

女の子が神妙な顔をした。

「そうだよ、元気になったらまた遊ぼうね」

サクラちゃんが、うん、そうしようね、というように女の子を見て鼻をぶひっと鳴らした。

「その子、歩けないんだよね。動物病院までおじさんが抱っこしていくの？」

女の子が慎司の額に滲んだ汗に目を向ける。

慎司がうっと黙ったところで、女の子はにっこりと笑った。

「ちょっと待っててね」

女の子は素早く走り去ったかと思うと、あっという間に年季の入った台車をごろごろと転がして戻ってきた。

思わず、「ああっ」と叫ぶ。これこそまさに求めていたものだ。

「そこのコンビニで貸してくれたよ」

女の子が背後を指さした。この近くにコンビニなんてあっただろうかと思ったけれど、きっと車で通った道から外れたところにあるのだろう。

「ありがとう。すごく助かるよ」

「いいのよ。ブタさんのこと見ていてもいい？」

「もちろんだよ。サクラちゃん、よかったね。さあ、行こう」

慎司は渾身の力でサクラちゃんを台車に移した。中腰になったので腰がめりっと嫌な音を立てたが、女の子が素早く台車の位置をよい場所に動かしてくれたおかげで、ぎっくり腰はすんでのところでどうにか免れた。

「こんにちは。サクラちゃん、お久しぶりですね」

古くて小さな動物病院の見た目は何も変わっていなかったけれど、七年前に大学を出たばかりだった見習いの先生は、七年分の齢を重ねていた。

背筋がしゃんと伸びて一回り身体が大きくなっているように見えた。高齢の院長先生の姿は見当たらなかった。

先生は、よいしょ、とのんびりした声で言って、サクラちゃんを台車から診察台へと移すと
「そっかあ、立てなくなっちゃったか」とサクラちゃんの耳元で囁いた。

「尿毒症《にょうどくしょう》が出ていますね。とても残念ですが、あと一月《ひとつき》……ひょっとすると十日くらいでお別れかもしれません」

血液検査と尿検査を済ませた先生は、自分の言葉の意味をじゅうぶんにわかっている様子で、とても丁寧にゆっくりりと言った。

9

帰りは、慎司が動物病院の前に車を停めたところで、先生が素早くサクラちゃんを車に運び込んでくれた。

いつの間にかあの女の子はいなくなっていて、台車も片付けてあった。サクラちゃんを台車で診察室に運び込んだときにはまだ一緒にいたはずなので、きっと血液検査の結果を待っている間に帰ってしまったのだろう。せっかくあんなに小さな子に親切にしてもらったのだから、もっとちゃんとお礼を言えばよかった。

「少しでも辛そうだな、と思われましたら、いつでも連れていらしてくださいね。点滴を打ったり、痛み止めを打ったりと、サクラちゃんの身体が楽になる処置はいろいろとありますから」

先生が慎司を力づけるように頷いた。

「ありがとうございます。えっと、それでは……」

サイドブレーキを戻しかけたとき、嘘だろ、駄目だ駄目だ、と心で呟く。

息が苦しい。喉元に何か大きなかたまりが込み上げてくる。鼻の先がつんと痛い。

いい齢をしたオッサンが、こんなところで泣くなんて情けない。ペットのミニブタが死んでしまうかもなんて。そんな間抜けな理由で人前で泣くなんて駄目だ。

ずずっと洟を啜《すす》る音に、はっと顔を上げた。

慎司よりも先に泣き出したのは先生だった。

「サクラちゃん、僕も、できることは何でもさせていただきますから……」

先生は顔を歪めてぽろぽろ涙を零す。

慎司は呆気に取られてぽかんと口を開けた。

これまでこの先生は、獣医としてたくさんの命を見送ってきたはずだ。サクラちゃんのように、動物病院に来た時点で既に手の施しようがなくなってしまっていた子の姿も数多く見ているだろう。

「先生も、ミニブタを飼っていらっしゃるんですか？」

思わず訊いた。先生のこの思い入れの強さは、もしかしたらサクラちゃんにそっくりなミニブタを飼っているか、昔飼っていたのかもしれない。

「へっ？　飼っていませんよ。うちには、猫が二匹いるだけです。ネネちゃんとココちゃんです」

先生はどうしてそんなことを訊かれたのかさっぱりわからない、というきょとんとした顔で目を押さえた。

「い、いや。すみません。何でもないんです」

ならば、この先生はただ診察にやってきた患者さんが治らない重い病気だ、というだけの理由で、毎回こんなに泣き濡れているのだろうか。

患者の立場としては少しも嫌な気持ちはしない。気持ちに寄り添ってくれる気がして嬉しかっ

事をしながらそんな泣き虫だったら、いちいち泣いてばかりで身が
ないだろうか。

不思議な人だ。

「これからしばらくは、先生にはお世話になるかと思います。どうぞよろしくお願いいたします」

慎司は自分が泣き出すタイミングを失った気分で、車を出した。

後部座席でサクラちゃんがぶうぶうと鳴いた。

いつもと変わらず元気そうだった。でもサクラちゃんは、ほんとうはこれまでもずっと身体が辛かったのかもしれない。

僕はちっともそれに気付くことができなかった。

慎司は大きく息を吐いた。ため息にしてはいけない。気合いを入れなくては。これから介護生活が始まるのだから。大きく息を吸い直す。

バックミラーには、先生が少し身体を傾けていつまでもこちらを見送っている姿が映っていた。

10

もう手の施しようがないのだったら、せめて家でゆっくり過ごさせてあげようと思った。

しかし亜希は「毎日、点滴に連れていってあげて」と頑固に言い張った。

「無理やり、延命治療《えんめい》をしようって意味じゃないの。身体に水分を入れてあげると、少し楽になるのよ」

亜希はサクラちゃんの瞼《まぶた》をべろんと捲って、「まだまだ顔色がいいわ。元気、元気」と励ますようにお尻をぺんと叩いた。

サクラちゃんは、あ、すみません、というように、ふがっと一声鳴く。

紗良はサクラちゃんの容態を聞かされて、青白い顔で「ほんとうに？」と何度も訊いた。大きなショックを受けていたに違いない。

けれど次の日も朝からバイトに出かけ、学校に行ってまたバイトに行き、夜遅くに帰ってきた。こちらが拍子抜けするくらいの平常運転だった。

慎司は仕事から帰ると、すぐにサクラちゃんを車に乗せて動物病院へ向かった。

到着するのは動物病院の受付時間の終了する七時半ぎりぎりだ。動物病院の前で先生が待ち構えていて、サクラちゃんを車から降ろして診察室へ抱きかかえていってくれる。

そこで点滴を打ってもらっている間に、車を停めて動物病院へ駆け戻る。

三十分ほどサクラちゃんの背中を撫でながら点滴が終わるのを待って、お会計を済ませて家に帰ると、もうへとへとだ。

サクラちゃんをリビングに運び込んで、お気に入りのソファに寝かせ終わると、どっと疲れ切り、冷凍庫に作り置きしていたカレーをレンジで温め直す気力もなくなっていた。

サクラちゃんの横で大の字になって唸った。

六十五キロのお肉のかたまりを細心の注意を払って運んだせいで、身体からするすると魂が抜けていくような気がする。

あっ。

サクラちゃんのお尻に大型犬用のトイレシートを敷くのを忘れていたと気付く。オムツ代わりのトイレシートがないと、サクラちゃんはいつまでもおしっこを我慢してしまう。思わず舌打ちしたい気持ちになる。

サクラちゃんに、ではない。手際の悪い自分にだ、と必死で言い訳しながら、重い身体を引き摺《ず》るようにして身を起こした。

この生活がどのくらい続くんだろう。

先生は一月、もしかしたら十日くらい、なんて衝撃的なことを言っていたけれど、あれから三週間経ってもサクラちゃんの様子にはあまり変化はなかった。

毎日頑張って点滴に通っているおかげに違いない。亜希の言うとおり、サクラちゃんは点滴によって栄養と水分を補給することでずいぶん楽になっているのだろう。

サクラちゃんが一日でも長く生きてくれることは、嬉しいに違いなかった。

けれども心のどこかで、こんなはずじゃなかった、という不満が、幽霊のようにぼんやりと見え隠れする。

介護生活が体力的に辛いことは辛いが、夜はしっかり眠れている。そこのところはまだあと少し余裕があった。

慎司の胸をざわつかせるのは、サクラちゃんの苦しそうな姿だ。

今、目の前にいるサクラちゃんはちっとも幸せそうではないのだ。大きな病気になって余命いくばくもないと宣告されている身体だ。幸せそうにキラキラと輝いていないのは当たり前だ。それが慎司には辛い。辛くてたまらない。

サクラちゃんが幸せそうにしている姿が好きだった。サクラちゃんが喜んでいる姿が好きだった。どんなに困難なときでも、つぶらな瞳とにっこり笑った口元で「ごはんをちょうだい」と催促して、家族みんなに笑顔を与えてくれるサクラちゃんが好きだった。

言葉を話すことができない、いつまでも赤ちゃんのように純真なサクラちゃんをどうにかして幸せにするために、家族みんなで頑張るあの感じが大好きだった。

僕はサクラちゃんにいったい何を求めていたんだろう。

「ただいまー」

玄関で亜希の声が聞こえた。帰りにスーパーに寄ったのだろう。大きく膨らんだエコバッグを両肩に掛けている。

「あら、お休みのところすみません。今日も元気そうね。ほっとしたわ」

亜希はおどけた調子で言って、サクラちゃんと慎司を交互に見た。

「夕飯は？　確か、紗良はバイト先で賄《まかな》いが出るって言っていたわよね」

亜希が空っぽの食卓に目を向けた。

「ちょっと疲れちゃって……」

慎司は目を擦《こす》った。

「だと思ったわ。駅前でお好み焼きを買ってきたから、一緒に食べましょう」

亜希はリビングのローテーブルの上にお好み焼きのパックを二つ置いた。

「食卓じゃなくて、ここで食べるの？」

今までは、万が一ローテーブルなんかで食事をしたら、サクラちゃんに何から何までぜんぶ持っていかれた。

「たまにはいいじゃない。サクラちゃんのそばにいてあげたいし」

さらっと、胸に迫ることを言う。

ぱちんと割り箸を割って、二人でマヨネーズとソースと青のりとかつお節がたっぷりかかったお好み焼きを食べた。

お好み焼きはまだほかほか温かくて、甘くてしょっぱくて味が濃くて、疲れた身体に染みわたる美味しさだった。

「サクラちゃんもどう？」

亜希がプラスチックの蓋の上にお好み焼きをひと欠片《かけら》置いた。

「しょっぱいものは駄目だよ」

サクラちゃんに人間の食べ物は厳禁だ。濃い味付けを覚えたらそればかり欲しがるようになる。

人間の食べ物に恋焦《こいこ》がれるあまり、誰もいない時を見計《みはか》らって冷蔵庫を器用に開けて、一日かけて中のものをすべて食べてしまったミニブタの話も聞いたことがあった。

「今はボーナスステージよ。食べたいものを食べたいときに、食べられるだけ食べていいの。さあどうぞ」

亜希は「食べる」という言葉を使うたびに、説明し慣れている仕草で指を折ってみせた。お好み焼きをサクラちゃんの鼻先に持っていく。サクラちゃんは身体を起こすまでにすごく時間がかかったけれど、鼻をぴくぴく動かして匂いを嗅いだ瞬間に、ぱくっと一口で丸呑みした。

「美味しい？　よかったわね。もっとどう？」

亜希は満足げににこにこしている。

サクラちゃんが素早く頷くようにぶうぶうと鳴いた。

亜希がもう一切れお好み焼きをあげると、サクラちゃんはそちらも勢いよく食べて、あまりの美味しさに力が抜けたようにへなへなと横になった。

「お疲れさま。明日はアイスがあるから楽しみにしていてね。これから毎日、美味しいものを好きなだけ食べられるんだから、長生きしなくちゃ損よ」

亜希がサクラちゃんの背中をゆっくり撫でた。

サクラちゃんが自分の口の周りをぺろりと舐めた。ソースがかなり美味しかったようで、激しく何度も何度も舐める。

「こんなに美味しいなら、元気なときにもっと食べさせて欲しかった、って言ってるよ」

慎司の言葉に、亜希は大きく首を横に振った。

「ダメダメ。人生って、そんなに甘くはないものよ。そのときどきにしか味わえない幸せがあるの」

亜希がサクラちゃんの顔を覗き込んだ。

「小さい頃は、あんまり太りすぎないようにちょうどいい感じにすくすく成長して欲しくて。大人になったら、部屋を滅茶苦茶にしないお利口なブタさんになって欲しくて。そして今は、もうここで美味しいものを食べていてくれるだけでいいわ」

サクラちゃんが話の内容がすべてわかっているとしか思えないタイミングで、びびっと嬉しそうに鳴いた。

慎司と亜希は顔を見合わせて小さく笑った。

11

「患者さんのご家族に教えていただいて、専門の業者と連絡が取れました。ミニブタは化製場《かせいじょう》法《ほう》の対象なので、都道府県で定めた死亡獣畜《じゅうちく》取扱場でないと火葬できないんです。明日の朝早くに、僕がお迎えに伺います」

先生は約束した朝の六時ぴったりに、古いハイエースに乗ってやってきた。

「お久しぶりです。このたびは、お悔やみ申し上げます」

玄関先に迎えに出た紗良に、先生は小さな花束を差し出した。武骨《ぶこつ》な茶色い紙に包まれた、小ぶりだけれどピンク色の同系色のお花がみっしり詰まった可愛らしい花束だ。

「あ、ありがとうございます」

紗良が少々面喰《めんく》らった顔をして花束を受け取った。

先生は持参した分厚いミニタオルに顔を埋《うず》めるようにして、しくしく泣いていた。

慎司と先生と亜希と紗良、四人がかりで汗だくになってサクラちゃんをハイエースの荷台に乗せた。

魂の抜けてしまったサクラちゃんはただ事ではないくらい重かった。生き物の身体は、ただ命がそこにあるだけでぐんと軽やかになっているものなのだと気付く。

「お電話でもお伝えしましたが、死亡獣畜取扱場はペットの火葬の業者ではないので、お骨を持って帰ることはできません。敷地内の慰霊塔での合葬になります。サクラちゃんとは、ここでお別れになります」

先生が額の汗を拭きながら目を伏せた。

家族三人で顔を見合わせた。

「サクラちゃん、ありがとう」

慎司は最初に言った。声に涙が滲んだ。奥歯をぐっと噛み締めて耐えようとしたけれど、やはり駄目だった。

「あーあ、パパ、泣いちゃった」

紗良の笑い声の後に、ぐすりと洟を啜る音。

「サクラちゃん、一緒に過ごせて楽しかったよ」

素っ気ないことを言いながら、紗良はシルバーのリングをいくつも嵌《は》めた指で、「ああ、もうやだ、これすごいキツいよ」と後から後から流れ落ちる涙を拭う。

二人でぽろぽろ涙を流しながら、サクラちゃんの冷たいお尻を何度も撫でた。

「パパと一緒にいてくれて、ありがとね。サクラちゃんがいなかったら、パパどうなってたかわかんないよ」

それはこっちの台詞だ、と思わず笑った。

笑いながらずっと泣いた。

しばらくそうしてから、ふいに紗良がゆっくりと振り返った。慎司もそれに釣られるように、背後の亜希に目を向けた。

亜希は両腕を前で組んでむすっとした顔をして、ハイエースの荷台をじっと見つめていた。

「ママもお別れ言ったら？」

紗良が身をずらして場所を空けた。

亜希がのしのしとサクラちゃんのところへやってくる。手を伸ばして背中をぺちぺちと叩くように撫でた。

何か言おうと口を開ける。でもすぐに閉じる。そんなことを三回くらい繰り返してから、亜希はひとりで勝手に何かに納得したように頷いた。

ハイエースがぐんぐん小さくなって、大通りの角を曲がって消えてしまうまで。みんなで黙って見守った。

「さあっ、仕事に行かなくちゃ！　とっくに遅刻してるのよ！」

亜希が気を取り直すように大声で言った。

「遅刻？　今日、早番だったの？」

遅刻、なんて亜希からはもっとも遠い言葉だ。思わず訊き返す。

「そうよ。ほんとうなら、七時には病院にいなくちゃいけないんだから」

時計は七時半だ。

「職場には電話したのか？」

「当たり前でしょ。昨夜《ゆうべ》のうちにちゃんと電話したわ。この私が無断で職場に現れないなんてことになったら、何かあったんじゃないかって、みんなすぐに警察に連絡するわよ」

二人の脇を、紗良が「なんか疲れた。もう一回寝てくる」と赤くなった目を擦りながら通り抜ける。

「電話でなんて話したの？」

「何のこと？」

亜希が怪訝そうな顔をして首を傾げた。

「ペットのミニブタの火葬をしてもらうために獣医さんが引き取りに来てくれるから、そのときに最後のお別れをしたいから遅刻します、なんてそっくりそのまま言えないだろう」

「なんで言えないのよ。そのとおりに言ったわ」

そうか、亜希の仕事は僕とはずいぶん違う。日常的に人の命に接する人たちばかりが集まっているのだから、ペットの命を慈しむことへの理解もちゃんとある職場なのだ。

「そうか、それがほんとうだよな。職場の人、なんて言ってた？」

「ぶち切れてたわ」

「えっ？」

呆気に取られた慎司の顔を見て、亜希がくくっと笑った。

「腹が立ちすぎると、人って何も言えないのね。『ペットのブタ……』って五秒ぐらい黙ってから、『なるべく早く来てください』って一言だったわ」

亜希がとても低い声で、誰か怖そうな人の声真似《まね》をした。

「いいのか？」

「いいも悪いもないわ。仕方ないじゃない。私がミニブタを家族にしちゃったんだもの」

亜希は自分の胸を指さすと、「時間ないから、朝ごはん適当に食べようね」と、キッチンに駆けていった。

「はい、ベーコンエッグ。ソーセージも余ってたから片付けちゃって」

亜希が一枚の大きな白いお皿を慎司の前に置いた。ベーコンエッグと炒めたソーセージ、食パンとミニトマトの朝ご飯だ。

ベーコンエッグを食べながら、サクラちゃんのいない部屋を見まわす。

ソーセージを齧りながら、もうほんとうに二度と会えないんだ、と心の中で呟く。

改めて見直すと、この家はボロボロだ。フローリングは家中家具を引きまわしたような爪の跡だらけ。壁紙は何度もびりびりに剝がされてしまったのを慎司が素人《しろうと》仕事で貼り直したので、明らかに歪んでいる。

ふいに、サクラちゃんと出会ったときのことを思い出した。ケージの中で小さな目をきらきらさせていたお人形のような仔ブタの姿――。

ミニブタと暮らすのは、想像していたよりもずっとずっとたいへんだった。

思いどおりにいかないことばかりで、案じていたよりもマズイことばかりが起きて、いつもサクラちゃんのご飯やトイレや悪戯《いたずら》をしていないいかが気になって、何もかも忘れてゆっくりのんびりしていられたことなんて一度もなかった。

「……でも、サクラちゃんは家族だからな」

「えっ？　何か言った？」

亜希が耳ざとく聞きつけて振り返った。

「い、いや。ひとりごと」

しばらく辛いなあと思う。

元気いっぱいで暴れまわっていても、皆を心配させるトラブルが起きても、たとえこの世からいなくなってしまっても。

家族というものは、いつだってとても嬉しくてとても辛い。

第三章　リリー（クッキー）

1

安西《あんざい》さんのお宅は、練馬《ねりま》区にある私鉄の駅から歩いて十分ほどの閑静《かんせい》な住宅地にある豪邸だった。

比べても意味がないと思いながらも、綾子《あやこ》は昨年ローンを組んで購入したばかりの自宅である、熱海《あたみ》の中古の一軒家を思い出した。

あの家だって、還暦《かんれき》を過ぎた母と息子の颯太《そうた》と三人で住むにはじゅうぶんな広さがあった。これまでの観光ホテルの社員寮での生活に比べるとまるで天国のようだねと、笑顔で言い合ったものだ。

でも安西さんのお宅は、その天国が、ぽんと三つ入ってしまうくらい広い。

白を基調にしたシンプルで上品な造り。イギリスの庭園を思わせる、手入れが行き届いて落ち着いた色の花が咲く庭。

広い玄関の壁には、フレームが艶《つや》やかに輝く赤いスポーツタイプの自転車が飾るように置かれていた。きっと大学教授をしているという安西さんの旦那さんの趣味なのだろう。

「初めまして、岡本《おかもと》と申します。こちらは息子の颯太です」

綾子はインテリア雑誌のような眩い世界に気後れしながら、頭を下げた。

もじもじして出遅れた傍らの息子の颯太に目配せをする。颯太は慌てて、いつもスポーツ少年団のサッカーでしているように、「こんにちはっ！」と勢いよくお辞儀《じぎ》をした。

「まあ、ようこそ。お二人がいらしていただけるのを、ずっとお待ちしていました。いぬたろうさんも、無理なお願いを聞いていただき、ほんとうにありがとうございます。さあさあ、奥へどうぞ」

出迎えた安西さんは、少しふくよかで、薔薇《ばら》柄のロングスカートを穿《は》いて、長い髪を三つ編みにして頭に巻き付けた複雑なアップヘアをした女性だった。

声はまるで歌っているように可愛らしくて、物腰はとても上品で、六十代半ばと聞いていた年齢よりもずっと若々しく見えた。

「うっす。お邪魔しまーす」

いぬたろう、と呼ばれた原田美由紀《はらだみゆき》が、顎をしゃくるような武骨な挨拶をした。

ゴツいワークブーツを脱ぎ捨てて、見知った様子で廊下を進んでいく。

原田美由紀は七年前よりも痩せていて、声も擦《かす》れていて、日に焼けていて、派手な髪色とメイクがよりけばけばしく見えるようになっていた。

だがこの重そうなゴツいワークブーツは、今も昔もよく似合っていた。

「あら、それ、もしかしてあの子に持ってきてくださったの？」

玄関でスニーカーを脱ぐのに手間取っている颯太に、安西さんは優しい声を掛けた。

「えっ、あっ、はい」

颯太がコンビニの小さなレジ袋を所在なげに揺らして、困った顔で綾子に視線を向けた。

「これ、好きだったから」

ここに来る途中、あの子が好きだった百二十円の犬用缶詰を買ってきた。

「まあ、そうだったのね。きっと喜ぶわ。ありがとう」

安西さんは嬉しそうに目を細めた。きっと安西さんは、自分の家の子にこんなジャンクフードみたいなごはんをあげたことは一度もないに違いない。

「リリーちゃーん？」

原田美由紀が勝手にリビングのドアを開けると、中から三匹の犬がどどっと雪崩《なだれ》のように駆け出してきた。

黒いトイプードル、少々動きが遅い高齢のゴールデンレトリバー、キツネみたいな顔をしたまだ若々しい中型の雑種犬、の三匹だ。

犬たちは千切《ちぎ》れんばかりに尾を振っていたが、じゅうぶん躾《しつけ》が行き届いているようで、くんくん甘えた声で鼻を鳴らすだけでまったく吠《ほ》えない。

少年のようにやんちゃな顔をした雑種犬が、颯太を目ざとく見つけて一目散に駆け寄ってきた。

颯太に突進するように身体をぶつけて、幾度も手の匂いを嗅ぐ。

「アラン、ごめんね、違うよ。この子、リリーちゃんのお見舞いに来たお客さんなんだ」

原田美由紀が、寂しそうな目をして雑種犬の頭をごしごしと撫でた。

颯太はなぜ自分がこんなに大歓迎をされたのかわからない様子で、不思議そうな顔をして、アランと呼ばれた雑種犬の背をおざなりに撫でている。

「あの子、末期がんと診断されたんです。何とかして手術をしていただきたくて、大学病院に紹介状も書いていただいたんですが。紹介先でCTを撮ったら、手術が成功しても余命はあまり変わらないと言われました。だから残りの時間は家でゆっくり過ごしてもらうことにしたんです」

安西さんが、綾子の耳元でそっと囁いた。

「えっ?」

あの子、というのは目の前のアランのことか? と思ってから、安西さんの顔を見て、〝あの子〟とは〝リリーちゃん〟のことだと気付く。

リリーちゃん。

安西さんは私たちの前で、あの子を今の名で呼ばないように気遣ってくれているのだ。

「……あの、ほんとうに、いいんでしょうか?」

思わずそんな言葉が出た。

私たちは、ほんとうにあの子に会ってもいいのだろうか。

一度は別れてしまったあの子。一度は手放してしまったあの子。一度は捨ててしまったあの子に――。

「ええ、もちろんです。私も覚悟を決めてご連絡しました。あの子がずっとお二人のことを待っているのがわかりましたから」

安西さんは綾子の緊張を解そうとするように、肩のあたりにそっと触れた。

「看取《みと》りの経験は何度かありますが、前の飼い主さんにご連絡をしたのは初めてのことです。いぬたろうさんには、『あ、それは絶対、駄目っす！』って、何度も断られましたが、そこをどうしてもと頼み込みました」

安西さんがやってみせた原田美由紀の鋭い口調の物真似は、とてもよく似ていた。

「今、あの子は、夫の書斎で静かに過ごしています。私は席を外しますので、どうぞお二人でお見舞いに行ってあげてください」

安西さんは押し寄せてくる犬たちの頭を順番にしっかり撫でまわしながら、穏やかな顔でリビングの奥のドアを指さした。

2

颯太が三歳のとき、綾子の夫は心の病気にかかった。

「あれ？　仕事どうしたの？　風邪でもひいた？」

「……別に」

仕事帰りに颯太を保育園にお迎えに行って、スーパーで夕食の買い物をして、へとへとになって家に帰ったら、毎晩遅くに帰宅するはずの夫がソファに寝そべってスマホをいじっていた。

ちょうど前の夜に、綾子が夫にもっと育児の分担をしてくれと訴えて大喧嘩《おおげんか》をしたばかりだった。

私への当てつけにしてはずいぶん子供っぽいことをする、と、むっとした。結局その日はろくに喋らずに、颯太の世話に飛びまわった。

あれが最初の異変の起きた日だったと気付いたのは、ずっと後のことだ。

きっかけはきっとあったに違いない。予兆《よちょう》もあったに違いない。綾子にはっきりSOSを出した瞬間もあったのだろう。

けれど慣れない子育てと仕事の両立で日々をこなすことで精一杯だった綾子にとっては、夫の発病は青天の霹靂《へきれき》だった。

朝早くに起きて、颯太の身支度をして保育園に送っていく。新卒で入社した不動産会社での勤務を時短で終わらせると、その足で保育園のお迎え。帰宅したら颯太にご飯を食べさせて、お風呂に入れて寝かしつけをする。

疲労困憊《こんぱい》した綾子は、ほぼ毎日、颯太と一緒に夜の九時頃には寝入ってしまった。

「……ねえ、綾子」

熱を帯びた口調で夫がベッドに潜り込んでくると、「疲れているの、寝かせて」と低い声で一喝した。ほんとうは力いっぱい頬を引っ叩《ぱた》いてやりたいぐらい腹が立った。

颯太が生まれてからずっと、夫は「俺には無理だよ」なんてへらへらしながら一切の育児を拒否していた。

オムツを替えられない、着替えもさせることができない、お風呂に入れることができない、ご飯を作れないどころか、スプーンで食べさせることさえもできない。

私だって育児はすべて初めてのことだった。できないはずはないのだ。できないなんてことになったら、この子は死んでしまうのに。どうして「無理」なんてことが言えるんだろう。

そんな苛立ちを常に抱えていると、そんな男と身体を重ねて万が一にも再び子供ができるかもしれない行為をするなんて、冗談じゃないと思った。

「綾子は最近、冷たいよ。颯太が生まれてから、変わっちゃったよ」

「そう？　でも私、颯太がいてくれてとても幸せだけど。もちろん、あなたもそう思うでしょう？」

恨みがましい顔をした夫を前に、綾子は大きなため息を抑えてわざと嚙み合わない答えを返した。

最近、夫が暗い顔をして、酒の量も増えているのは気になっていた。だが気遣う余裕なんてなかった。

むしろ育児もろくにせずに自分の悩みなんかに浸る時間のある夫のことを、呑気で羨ましいとさえ思っていた。

さすがにこれはおかしいと気付いたときには、夫の病状はかなり深刻な形になっていた。

会社を休職してからは坂道を転がり落ちるようなものだった。

一日中酔っぱらって、酒のせいか病気のせいなのかわからない支離滅裂《しりめつれつ》なことを言い続けるようになった。クレジットカードの会社から確認の連絡が来るような異様な浪費《ろうひ》をするようになった。夜中に物を投げて暴れるようになった。

「なあ、綾子。やっぱりあの駅員、俺のこと見て笑ってたよな？　畜生《ちくしょう》、ふざけやがって」

「あの駅員さん、って誰？　っていうか、いつの話をしているの？」

「お盆休みに軽井沢《かるいざわ》に行ったときだよ！　新幹線に感じ悪い駅員がいただろう？　俺たちが指定席の番号を一列間違えて、品川《しながわ》駅でその席の人が来ちゃったときにさ、」

「……ねえ、それって、颯太が生まれる前の話だよね？」

仕事でトラブルを抱え、颯太がうまく寝てくれなくて疲労困憊しているときに、夫から脈絡《みゃくらく》のない話を聞かされていると、綾子のほうが頭がおかしくなりそうになった。

真夜中に、話を聞いてくれない綾子への当てつけのように壁を蹴ったり食器を乱暴に置いたりしている音に気付くと、「もうやだ、あんな奴、死んじゃえ！」なんて、この状況で洒落《しゃれ》にならない呪いの言葉が胸に浮かんだりもした。

病気だから仕方がない、今こそが結婚式で誓った「病めるときも健やかなるときも」の「病めるとき」だ。家族皆で力を合わせて、病気と闘わなくてはいけないんだ。

頭ではわかっているのに、気付くと家で夫の顔を見るだけで動悸《どうき》がして冷や汗が出るようになった。

そんなすべてがうまく行かなくなっていた時期に、クッキーは家にやってきたのだ。

酔っぱらった夫が繁華街《はんかがい》で買い求めてきた。

主治医の先生からは、くれぐれもお酒を飲ませないように、クレジットカードを預かっておくように、と言われていた。だがフルタイムの仕事と三歳児の育児の合間に、一日中ぶらぶらしている大の大人を二十四時間監視することなんてできるはずがなかった。

「ねえ、いったい、何考えてるの？　私、犬の世話なんて絶対にできないよ？」

早朝のリビングで駆けまわるつぶらな瞳のチワワを見たとき、綾子はその場で泣き崩れそうになった。

昔から綾子は犬が大好きだった。自分の家庭を持ったら、いつか犬を飼うのが夢だった。ふわふわした毛並みと可愛らしい顔。人を愛して信頼する賢《かしこ》そうな表情。元気いっぱいに駆けまわっておどける姿。

小さい頃から「ぜんぶ私がお世話をするから」と言い募《つの》り、何度も母親に犬を飼いたいと訴えた。

だが、「死んだとき辛いから」という子供にはどうしても納得のいかない理由で、いつもすげなく却下されていた。

そんな恋焦がれた犬を家に迎えるという素晴らしいイベントは、ぜったいに今このときではなかった。こんな最悪の形ではなかったはずだ。

仔犬の甲高い鳴き声を聞いていると身も細るような気がした。

仕事も育児もすべてきちんとこなした上で、夫をサポートすることができなかったあなたがすべて悪い。そんなふうに、誰か知らない人の声で責め立てられたような気がした。

「颯太が喜ぶかと思ってさ」

子供のような顔をして唇を尖らせる夫に、綾子は「返してきて」と容赦なく言い放った。

「今は、犬は飼えないよ。ペットショップに返してきて」

綾子は能面《のうめん》のような顔をして、尾を振るチワワを指さした。

「……無理だよ。移動販売みたいな、車でやっていた店なんだ。領収書とか貰わなかったから、店の名前もわからないし」

夫がひどく傷ついた顔をしてチワワの頭を撫でた。

こんなにかわいい子を前にしてどうしてそんな恐ろしいことを言えるんだ。

夫の顔にはそう書いてあった。

「ふざけないで」

綾子はぴしゃりと言い放った。

「今すぐに、この子を返してきて！　颯太が起きてくる前に、よ」

「わあ！　ワンちゃんだ！　やったあ！」

背後で聞こえた颯太の歓声に、綾子はほんとうに顔を歪めて舌打ちをしそうになった。

颯太は涙を流さんばかりに喜んで、チワワの仔犬にひしと抱きついた。

チワワもようやく歓迎してもらったとわかるのか、その場でウサギのようにぴょんぴょん飛び跳ねて全身で喜びを表している。

「颯太、お誕生日おめでとう。この子は、お父さんから颯太へのプレゼントだよ」

夫が得意げに言うと、颯太は不思議そうな顔をして、「えっ？　颯ちゃん、おたんじょうびじゃないよ？」と至って真面目に答えた。

3

チワワは、颯太が大好きなアニメのキャラクターから、クッキーと名付けられた。

未就学児向けの優しい絵柄のそのアニメは、第一回の物語の導入部でちらりと両親が登場した以外は、大人は一切出てこなかった。

主人公の小さな男の子はときに頼もしくクッキーを守り、また別のときには身を挺《てい》して助けてもらったりしながら、二人で力を合わせて夢の世界で大冒険を繰り広げた。

颯太はクッキーの背を撫でては、「いくぞ、クッキー！」なんて、そのアニメの物真似をした。

一切の躾をされていないクッキーは、決まって金切り声でけたたましく吠え立てて跳ねまわって家中におしっこを漏らして喜んだ。

「ママ、クッキーがおしっこしちゃったよー」

颯太はお腹を抱えてげらげら笑いながら、綾子を呼ぶ。

三歳の子供が自分で掃除ができるはずがない。綾子を呼ぶのは当たり前だ。

だが、颯太は目の前で父親が酒臭い息を吐いて寝転がっていても、そちらには一切頼ろうとはしない。クッキーのお世話はすべて綾子の仕事だ。

「颯ちゃん、あんまりクッキーと遊ばないで」

大声を上げたり飛び跳ねたりして、クッキーがおしっこを漏らすほど盛り上げるような遊び方をしないでね。

そんなことをわかりやすく説いて聞かせなくてはいけないと思っていたのに、自分でもひやりとするような冷たい言葉が出た。

「やだ、やだ！ クッキーだいすき！」

綾子の声に潜む意地の悪さを敏感に察した颯太は、クッキーをひしと抱き締めておいおい泣いた。

綾子も一緒に泣きたかった。


「クッキー、はやくあいたいな。颯ちゃんのこと、まってるよね？」

保育園の帰り道、颯太の手を引いて、トイレ用のペットシートと五キロのドッグフードを両腕に抱えて歩いていたときのことだった。

その日は退社時間の直前に、百パーセント綾子の責任といえる事務作業のミスが見つかった。真っ青になってどうにかこうにか猛烈な速さで対応したが、結局、保育園のお迎えの時間に二十分遅れてしまった。

「申し訳ありませんが、三十分の延長料金が発生しますのでご了承くださいね。十五分ごとの計算と決まっているので」

帰りの身支度を万全に整えた颯太を抱いて出てきた担任の先生が、早口で言った。

先生は綾子が時間に遅れたことに怒っているわけではないし、延長料金を徴収できてラッキーだと思っているはずもない。

ただ、余計な仕事を増やさないで欲しいと切に願う、とても疲れた顔をしているように見えた。

私と同じだ。

申し訳なさが募って涙が出そうになった。

「……そうだね、早く帰ってこないかなー、って。クッキー、颯ちゃんのこと待ってるね」

ウンチとオシッコだらけのケージの中を思い浮かべた。

一日中放っておかれたせいで、綾子と颯太の帰宅に興奮して泡を吹きながら吠え立てるクッキー。

そんなクッキーの鳴き声なんて何も聞こえていない顔をして、悪臭の中で平気で寝そべってスマホでゲームをしている夫の姿。

今日もまた、あの光景が私を待っている。

急に何もかもが嫌になった。何もかも放り出して、ただ颯太の手だけを握って家とは逆方向に向かって走り出したくなった。

夫とはもう離婚するしかないんだ、と覚悟を決めた。

「別れて欲しいの。あなたが病気と闘っていることはわかっている。あなたを嫌いになったわけじゃない。でも、私が、もう限界なの」

深夜の食卓で、綾子は一生分の勇気を振り絞って伝えた。

夫はしばらく能面のような顔をして微動だにせずに一点を見つめていたかと思うと、ふいにゆっくりと目から先に顔を上げた。

「じゃあ、みんなで一緒に死のうか」

耳の奥で、ごおっと血の気が引く音がした。

この人は本気だ、とわかった。

妻として家族として私はどうすればよかったのだろう、なんて、そんな感傷的な想いは、一瞬で跡形もなく消え去った。

「やっぱり言いすぎた」

「あのときは調子が悪かったから」

「本心じゃないんだ」

「どうかしていたよ」

これまで幾度も聞いてきた台詞だった。

だが今回の言葉だけは、発してしまった瞬間に二度と撤回は許されないものだ。

颯太の命に危険が及ぶ。

そう感じた瞬間に、夫との間にあったもののすべてが終わった。

目の前にいる男は殺人鬼だ。

私は何が何でも我が子を守らなくてはいけなかった。

颯太が眠っている寝室のドアは、夫の背の後ろだった。

とにかくこの場から逃げなくてはいけない。颯太を連れて逃げるのだ。私の命に代えてでも、颯太を守るんだ。

夫が台所を振り返りながら、暗い顔で立ち上がった瞬間。

「あ、颯ちゃんが泣いてる。ちょっと待っててね」

呑気な声で言った。

いかにも、あなたとはこれからちゃんと話し合うから大丈夫よ、と安心させるように夫に目配せをして、素早く寝室に滑り込んだ。

もちろん颯太は泣いてなぞいない。深い寝息を立ててぐっすり眠っていた。

一瞬たりとも迷うことはなかった。寝入っている颯太を抱き上げて、窓から裸足《はだし》で外へ飛び出した。

ほんの十秒ほどの出来事だ。そのまま後ろも振り返らずに近所のコンビニまで走った。

「今、警察、呼びました。大丈夫？　子供は怪我ない？　あなた、歩ける？」

外国人の女性店員に店のバックヤードに保護してもらって初めて、自分の足の裏に尖った砂利がいくつもめり込んで血が流れていたと気付いた。

あのときはただ、颯太の命を守らなくてはいけない、としか思っていなかった。

通報で駆け付けた警官に付き添われ、颯太のものを詰め込んだボストンバッグひとつを手に家を出たとき、クッキーがどこでどうしていたのかさえも覚えていない。

きっと厳《いか》めしい制服姿の見知らぬ男性がやってきたことに怯えて、ケージの中で震えていたのだろう。

あの家には、犬と暮らす余裕なんてどこにもなかった。

クッキーは、絶対に、絶対に、私たち家族に飼われてはいけなかったのだ。

4

綾子と颯太は、シェルターと呼ばれる厳重に警備されたDV被害者用保護施設で数日過ごしてから、警察から紹介されたNPO団体の経営する母子寮で暮らすことになった。

夫から命を脅かされる危害を加えられる心配はない、と判断されての流れだったが、相談に乗ってくれたNPO職員のアドバイスに従って仕事は辞めることになった。

その団体では、配偶者のDVから着のみ着のまま逃げ出してきた親子のために、子供のミルクやオムツや着替えはもちろんのこと、母親にも新品の下着や服、化粧品まで準備してくれた。仕事を辞めた後は、団体内の事務作業や内職仕事のアルバイトも斡旋《あっせん》してくれた。

だが厳しい門限や外出先の確認があるここでの生活に窮屈さを感じて、急に飛び出してしまう母子《ははこ》も何組もいた。

もう何年もここで暮らしているという入居者の女性から、彼女たちは自由を求めて、水商売の店や風俗店の経営する〝寮〟に入るのだと聞いた。

母子寮で暮らしていると、彼らはどうしてこんなに私たち母子に手厚いケアをしてくれるんだろう、と思うことがあった。

見返りなどほとんどないのに。いくら親身になっても報われずに終わってしまうことが多々あるのに。いったいこの人たちは、どうしてこんなに心を尽くして私たちを助けてくれるんだろう。

私には、とてもじゃないけれどこんな立派なことはできない。

ほんとうは補助金や助成金であくどい大儲《おおもう》けをしている、という心ない噂話を信じそうになってしまうほど、不思議だった。

「それじゃあ、お母さまはご健在なんですね」

数回目の面接のとき、職員の年配の女性は、複雑な事情を抱えた相談に慣れた様子で優しく微笑んだ。

「はい、結婚に反対されてから一度も会っていませんが。夫のことをどうしても受け入れられないと言って、家庭環境から仕事から人となりから、しまいには顔つきにまで文句を言って大反対されたんです」

今の私の状況からすると、私たちの結婚に強固に反対した母はまるで全知全能の人のようだ。

だがあの気まぐれな母に人を見る目があるわけではない。もしそうなら、父と離婚することにもならなかっただろう。

機嫌がいいときは気前がよく人当たりもにこやかだが、恐ろしく気分屋で、気に喰わないことがあると家族に当たり散らす人だった。いちいち世の中のまっとうな意見に逆らうような小難しいことを言っては、いかにも得意げになっている姿が大嫌いだった。

綾子が思春期になったかならないかの頃から、いつもぶつかっていた相手だ。

「お母さまの連絡先はご存知ですか？」

「……ええ、一応」

「暴力や借金、異性関係などの問題を抱えていらっしゃる方ですか？」

職員の女性が淡々と訊く。

「いいえ、かなり癖のある性格の人ですが、暴力を振るわれたことは一度もありません。お金の問題は聞いたことがありません。すごくケチな人だったので。異性関係のトラブルはまずないと思います……」

綾子は歯切れ悪く答えながら、自分の言葉のあまりに子供じみた響きに顔が熱くなっていくのを感じた。やはりそうするしかないのだ、と自分の胸に言い聞かせる。

NPOでは私たち以外にも助けを求めている人たちがたくさんいる。いつまでもここで守られて暮らしていくわけにはいかなかった。

母の性格が気に喰わない、なんて甘えたことを言っている場合ではないのだ。

私は母親だ。安全な場所で、安心できる場所で、どうにかして颯太を育て上げなくてはいけないのだ。

「ねえ、颯太。これから、おばあちゃんと暮らすことになったよ」

寮の六畳の和室に布団を敷いて、二人で並んで横になった。

天井からぶら下がった古い蛍光灯の豆電球が、キンカンの実のようにぽってりとオレンジ色に光っていた。

「おばあちゃん？　颯ちゃんには、おばあちゃんいないよ」

颯太がいかにも可笑しそうにくすっと笑った。

こんな笑顔を見ることができると、この温かい隠れ家生活に未練が湧いてくる。

颯太はちゃんといい子に育っている。きっとこの生活はさほど辛くはないに違いない。もう少しここで二人で頑張って綾子が経済的に自立すれば、あの母に気を遣い続ける窮屈な生活なんてしなくてよいのかもしれない。

そんなふうに思い込みたくなる。

だが子供は、どんなに辛いときでも笑うものだ。いつまでもこの笑顔に甘えてはいけない。

私はここから一歩を踏み出して、今までとはまったく違う形の新しい人生を築かなくてはいけないのだ。

「ほんとうはいるの。おばあちゃん、いるのよ」

綾子が颯太を優しく抱き締めると、颯太が「へえっ」と心底嬉しそうな声を上げた。

「いるんだ！」

「そうよ。今まで遠くにいたから会えなかったけど、これからはおばあちゃんのおうちで一緒に暮らせるの」

母は熱海にある観光ホテルで、住み込みで働いていた。

颯太が生まれたときでさえも連絡を取らなかった、強情な娘だ。綾子が数年ぶりにいきなり連絡して今の窮状《きゅうじょう》を説明したら、どれほど罵倒《ばとう》されるかわからない、と臆《おく》していたのを見かねて、NPO団体の人があらかじめ事情を説明してくれていた。

「子供には罪がないから、仕方ないね」

久しぶりに連絡を取った母は、NPO団体の人に何か機嫌がよくなるようなことを言ってもらえたのだろう。いかにももったいぶった様子で、何度も同じことを繰り返した。

「おばあちゃんのおうちは、海の近くなんだって」

「わあ、海……」

颯太がうっとりした様子で言った。

「お魚が美味しいのよ」

「ぼく、お魚だいすき！　マグロ、おいしいもんね！　だいすき！」

「ママも、大好きよ」

ママはあなたが大好きよ。絶対に絶対に、幸せにしてみせる。心の中で叫ぶように言う。

颯太は嬉しくてたまらない顔をして、マグロのお寿司をぱくぱく食べる真似をしてみせた。二人で声を合わせて笑う。

「おばあちゃんち、クッキーもいくの？」

すっと身体の熱が引いた。

覚えていたんだ。

今の綾子の胸には、名前を聞いてもクッキーの姿が浮かばない。まるであの頃の家庭内のトラウマを呼び起こす嫌な思い出のようだ。ただ真っ暗闇が広がる。

あの子、無事なんだろうか。

冷えた口調で恐ろしいことを考えて、思わずぶるりと首を振った。

そもそもクッキーは、夫が気に入って連れてきた子だ。夫がトイレの掃除をしている姿は見たことがなかったけれど、餌をあげたりおもちゃで遊んだりというお世話は苦ではない様子だった。

弁護士によると、夫は離婚の要求にとても素直に応じているという。暴力的な言動や支離滅裂な様子はまるでなく、綾子と颯太に心から済まないと伝えて欲しい、と言っていると聞いた。

クッキーは、きっとまだ生きている。

私と颯太が、命を賭けて逃げ出したあの家で――。

「……どうかなあ」

駄目だ。そんな返答じゃ駄目だ。

「いこうよ、クッキーもいこう！　クッキー、きっとよろこぶよ！」

颯太がおねだりをするように甘えた声を出した。

5

外はちょうど桜の時季が終わった頃だった。

母子寮は最寄り駅から少し長い時間歩かなくてはいけない場所にあった。周囲は戦前からあるような古い大きな家の間に、元の敷地を分割して建てた真新しい建売住宅が並ぶ住宅街だ。

よくよく見るとそこかしこに古い桜の木があって、ほんの数枚白い花びらを残している。青々とした若葉に、痩せ細ったサクランボのような形の実がある。

スマホの地図アプリを眺めつつ、このあたりのはずだと周囲を見まわしていると、ふいに背後から声を掛けられた。

「動物病院を探しているの？」

ぎょっとして振り返ると、髪の毛を耳の上で二つに結んだ小さな女の子が、にこっと人懐こい笑みを浮かべた。

「えっ、なんで……？」

動物を入れたケージを持っているわけではない。

颯太を隣の部屋で暮らす母子に預かってもらって、スマホだけを手に出てきた。NPOの職員の人にも行き先と理由を伝えて、一時間半で戻ると約束していた。

「だって、あの動物病院、すごくわかりにくいところにあるでしょう？　迷っちゃう人がたくさんいるんだもん」

女の子は幼い声に似合わない大人びた口調で言った。利発そうな子ではあるが、まだ六つか七つくらいだろう。こんなに小さいのにひとりで出歩いていて大丈夫なんだろうか、と、ちょっと心配になる。

「案内してあげる」

女の子がぱたぱたと駆けるように先を行ったので、綾子は慌てて女の子の手を握った。

「危ないわよ。走っちゃ駄目」

颯太と外を歩くときは、どんな場合でもしっかり手を繋いでいる。

女の子はきょとんとした顔をしてから、嬉しそうに、えへへ、と笑った。勢いよく綾子の腕を引っ張って先を進む。

「待って、待って。そんなに慌てないで」

可愛らしい顔をしているのに、なかなか腕白《わんぱく》な子だ。女の子の力強さにちょっと驚きながら、足腰で踏ん張るように先を進むと、小さな古い動物病院に辿り着いた。

ん？　と思った。

動物病院の前に、カブトムシみたいに艶やかに光る大型バイク、ハーレーダビッドソンが停まっていた。

「こんにちは、お電話しました岡本綾子です」

恐る恐る足を踏み入れると、奥から若い男性が「あ、お待ちしてましたー」と現れた。

紺色の手術着のような服に首に聴診器を引っ掛けているので、この人が獣医さんに違いない。まるで学生のように若々しく綺麗な肌をした青年だ。こんなことを言っては申し訳ないが、正直なところ、少々頼りない弱々しい雰囲気の人だった。

だが、今日はここで診察をしてもらうために来たわけではない。

優しそうな若い男の先生で、むしろよかったとほっとした。

「ええっと、生後一年未満のチワワさんの新しい飼い主さんを探しているというお話、伺っています。保護犬ボランティアの方に繋いで欲しいとのご希望でしたので、今日、うちでセッティングしました」

綾子たちの支援をしてくれたNPO団体の人と、連携が取れているのだろう。獣医さんは書き込み欄が文字でびっしり埋まった書類を手に、ふむふむと頷いた。

あれから弁護士に連絡して、夫がクッキーのことを何か言っていなかったかと訊いた。

「ペットについては何も仰《おっしゃ》ってはいませんでしたよ。あ、ですが――」

弁護士はほんの少しだけ言い淀《よど》んだ。

「電話の向こうで、犬の吠える声が聞こえていました。結構長い時間、お話をしたのですが、その間じゅう、ずっと、小型犬のきゃんきゃん、という高い鳴き声が聞こえていました」

クッキーは生きている。そして、弁護士が一瞬伝えるのを躊躇するような凄まじい勢いで、好き放題吠えまわって暮らしていた。

夫はきっと、クッキーにとりあえずの餌と水だけを与えて、ただひたすらほったらかしているに違いなかった。

「あの、こういうことって、よくあるんでしょうか？」

綾子は恐々と訊いた。

「何のことでしょう？」

獣医さんが首を傾げた。

「家庭がバラバラになった人が、ペットを飼えなくなって新しい飼い主さんを探すことって
……」

「そんなこと、聞いてどうするんですか？」

獣医さんが眉毛を八の字に下げて、口元にだけ固い笑みを浮かべた。

綾子ははっと黙り込む。今の質問に、獣医さんがものすごく怒ったのだと気付く。

「今は、クッキーちゃんの幸せだけを考えましょう。さあ、ボランティアさん、もういらしていますよ」

「……はい」

やっぱり私は酷い人間だと思われているんだ。無責任で、無情で、最低な人間だと……。

どうして私がこんな恥ずかしい思いをしてあの人の尻拭いをしなくちゃいけないんだろう。夫への怒りがふつふつと湧いてきた。

悲痛な面持《おもも》ちで診察室に入ったそのとき、綾子はびくりと足を止めた。

「うっす、どうも。〝いぬたろう〟の代表、原田美由紀です」

ヘルメットを抱えた派手な金髪の女性が、綾子の顔をじっと見据えたまま顎だけで頭を下げた。年齢は四十くらいだろう。元は顔立ちの整った綺麗な人に違いないが、ところどころシルバーのハイライトの入った金髪の巻き髪、グレーのカラーコンタクト、目の周りに塗りたくった巨大なラメ、二枚重ねの付け睫毛、ベージュの口紅のせいで、まるで魔女のようにけばけばしく見えた。

レザーのパンツにゴツいワークブーツ。タンクトップの裾からはボディピアスのついた臍《へそ》が覗いている。

表のハーレーは、この女性が乗ってきたものだろう。

チェーンをじゃらじゃらさせて尻ポケットのレザーの長財布から取り出した名刺には、《NPO法人　いぬたろう　代表　原田美由紀》と、至って真面目な字体で書いてあった。

「岡本さんだっけ？　ボランティアって、もっと真面目そうな人が来ると思ったでしょ？　あんたたちみたいな無責任な奴らの後始末を、ぜひとも喜んでやらせていただきます、っていうような善人ヅラが来ると思ったでしょ？」

原田美由紀は開口一番そう言った。

引き攣った綾子の顔をまじまじと眺めて、「ざまあ、って感じ」と笑う。

「原田さん、初対面の方に失礼ですよ。どうぞもう少し丁寧な言葉を使ってください」

獣医さんがやれやれ、という調子で窘《たしな》めるが、原田美由紀は「はいはい、敬語使えってことね」と、意に介した様子はない。

自分が無責任な飼い主だということは、じゅうぶん自覚していた。でも私には事情がある。夫の病気、無理心中未遂、仕事を失ったこと、まだ小さい息子の颯太、長く疎遠《そえん》だった母に頼ることになる新しい生活。

私はペットをアクセサリー代わりにして、大きくなったらいらない、と捨てるような心ない人とは違う。他の人たちと一緒にはされたくない。私だけは別だ。

くるりと踵《きびす》を返してここを立ち去ってしまおうかと思ったそのとき、原田美由紀が書類に目を落として、キムタクのように男らしい仕草で手招きをした。

「まだ離婚はしてないいんっすよね？」

「……はい」

「家出るまで、クッキーちゃんのお世話してたの、旦那じゃなくて岡本さんなんっすよね？」

「……はい」

「旦那、クッキーちゃんのこと、息子さんへのプレゼント、って言ってたんっすよね？」

プレゼント、というところで、原田美由紀の鼻先に皺が寄った。

「……はい」

「じゃあ、とりあえず一刻も早く、勝手に連れてきちゃってください。岡本さんがクッキーちゃんの所有権を放棄する、って一筆入れてくれたら、後からがたがた言ってきても、こっちで弁護士入れて何とかするんで」

原田美由紀はあっさり言い放った。

「えっ、そんなことしてもいいんですか？」

勝手に連れてきちゃってください。

そんな簡単な話で済むわけがない。

「いいんですか？　ってそれ、どういう意味っすか？」

原田美由紀の顔色が変わった。低い凄《すご》むような声を出す。三白眼《さんぱくがん》の鋭い目で射るように綾子を見据える。

「まあまあ、穏やかにお願いいたしますよ」

獣医さんが呑気な声で宥《なだ》める。

「こっちは、むちゃくちゃ危ない橋渡ってるんっすよ。もちろん、あんたのためじゃないし。そんで、社会の平和、動物の平和、とかいう、ふわふわしたもんのためでもないから。あんたと子供が今、大変なのはわかりますけど。でも、私が何のためにこんなことやってんのか、一度、ちゃんと頭使って考えてみたらどうっすか？」

綾子は息を呑んで、原田美由紀の尖った目を見つめた。

「はいっ、それでは、今日はこのあたりでお開きということでよろしいでしょうか？」

獣医さんがプロレスでタオルを投げるみたいに、白いタオルをぶんぶん振りながら割って入った。

原田美由紀は顔を上げると、急に気さくで人情深いヤンキー、という口調になって、

「うん、ありがと。話、もう終わった。あ、そうだ。今日、ついでにピノちゃんとリキちゃんの

腸内《ちょうない》バイオーム缶、一ダース持って帰らなきゃいけないいんだわ。あの子たち、あれしか食べられないからさあ。在庫ある？」

と、綾子のことなんて完全に忘れた様子で笑った。

ふと気付くと、綾子を動物病院に案内してくれたあの女の子の姿は、どこにも見当たらなかった。

6

颯太には話したくなかった。

幸い祖母の存在を伝えたあの夜以来、颯太はクッキーについて一度も口に出したことはなかった。

颯太はまだ四歳になったばかりだ。母子寮を出て祖母と三人の新しい生活が始まれば、ほんの数ヶ月だけ一緒に過ごしたクッキーのことなんてすぐに完全に忘れてしまうに決まっていた。

「あ、言い忘れてました。クッキーちゃんのお迎えのとき、息子さんも一緒にここへ連れてきてくださいね。うち、家族全員の同意がないと引き取れない、って決まりなんで」

「えっ、息子ですか？」

帰り際に原田美由紀に呼び止められて、いちばん嫌なところをぐさりと刺された気がした。

「息子のことは巻き込みたくないんです。まだ四歳なんです」

颯太と原田美由紀を会わせたくない。なぜか必死なくらいの強い思いでそう感じた。

「巻き込みたくない、ってさ……」

原田美由紀がアメリカ人みたいに芝居がかった仕草で、苦笑いを浮かべて天井を仰いだ。

「すいません、こっちも、後から『子供が泣いているから、やっぱり返してください』って言われるのがいちばん困るんで。決まりは変えられないっす」

慣れた様子で切り捨てられた。

「えっと、家族全員の同意……って、今回は、夫の同意がなくても助けてくださるんですよね？　じゃあ、息子のことも免除《めんじょ》してください。あの子、母子寮での生活に毎日不安を感じているんです。その上、可愛がっていたクッキーが目の前で他の人に貰われてしまうなんて光景を見せたら、トラウマになります。新しい生活にうまく進めなくなってしまうかもしれないんです」

縋るような口調で懇願した。

「うーん、無理っす。私、別に岡本さんの家族の幸せのために、活動してるわけじゃないんで。そちらのご家庭のことは、自分たちで何とかしてください」

原田美由紀があっさりと切り捨てた。

「そんな……。私、絶対に後から『返してください』なんて我儘《わがまま》は言いません。もしも颯太がどれだけ泣いても、私がちゃんと言い聞かせます！　そんな非常識なこと、ぜったい、ぜったい……」

「皆さん、そう仰るんですよ。私だけは違う、ってね」

綾子は息を止めた。

原田美由紀が、強い言葉に反して済まなそうな顔でこちらをじっと見つめている。

「もう、やめましょう。この話。決まりは決まりです。旦那の同意がいらないのは、DV被害者の特例、ってだけです。息子さんには、ちゃんと来てもらわなくちゃ駄目です。正直、ホントは、岡本さんもわかってくれてますよね？」

原田美由紀が眉を下げて、大きなため息をついた。

もっと強い口調で、もっと厳しく、激しく非難されるならば、いくらでも頼み込むことができるような気がした。

ここへ至るまでの流れを詳しく話して、私がどれだけクッキーに申し訳なく思っているかときちんと伝えれば、原田美由紀だってこちらの事情をわかってくれるような気がした。

だが原田美由紀の疲れた顔に、綾子は黙って頷くしかなかった。

「岡本さん、あまり心配なさらないでも大丈夫ですよー。原田さんのところでは、いつもそうしていらっしゃる、ってだけのことですから」

話を聞いていた獣医さんが呑気な口調で言った。


「颯太、あのね、クッキーのことなんだけど」

決行の前の夜、綾子は天井の豆電球を見上げて颯太のお腹をそっと撫でた。

「クッキー!?　うちにくるの？」

颯太が勢いよく跳ね起きた。

「違うのよ。クッキー、おうちには来られないの」

こんなに喜んで目を輝かせている颯太に、なんてことを言わせるんだ、と、原田美由紀にとんでもない意地悪をされた気分にさえなる。

逆恨みだとわかっていた。だが、悲しくて情けなくて奥歯を噛み締めたくなった。

「え？　じゃあ、おばあちゃんちだ！」

綾子の口調に不穏なものを感じていないはずはないのに、颯太は無理に明るい声を出してみせる。

「違うわ。クッキーは、他のおうちの子になるのよ」

暗闇でよかった。眉間に皺を寄せて顔を歪めながら答えた。

「へえっ？　ほかのおうち？」

綾子の言葉の意味がまったくわからなかったのだろう。颯太が素っ頓狂な声を出した。

「おばあちゃんのおうちでは、クッキーと一緒には暮らせないの。だから、クッキーは、クッキーのことを大事に可愛がってくれる新しいおうちに行くの」

颯太は一言も答えない。

「そのほうが、クッキーにも幸せなのよ」

クッキーがこれからどんな家に貰われることになるかも知らないのに、私はよくこんな適当なことが言える。クッキーの幸せなんて、ほんの数ヶ月お世話をしただけの私が決められるものではないのに。

言葉が上滑りして、胸の中に空しさが広がる。

「クッキーは、颯ちゃんがクッキーのこと大好きだって、ちゃんとわかってくれてるよ。会えなくても、ずっとずっと、大好きだよって。ずっと二人は仲間だよ、ってわかってくれてるから、大丈夫！」

いったい何が大丈夫なんだろう。わざと明るい声でそんなことを言う自分の汚さに、うんざりする気持ちになる。

「……パパといっしょ？」

心臓を鷲掴《わしづか》みにされたような気がした。

「ん？　パパ？　どういうこと？」

声が震えた。

颯太はこれまでずっと、「パパ」という言葉を決して口に出さなかった。

「会えなくなっても、ずっと、ずっと大好きだよ、って。パパが言ってた。クッキーもパパといっしょだね」

「パパ、いつ、そんなこと言っていたの？」

会えなくなってもずっと大好き、なんて別れ際の台詞を、いったい夫はいつ颯太に言う機会があっただろうか。着のみ着のまま二人であの家を出た夜から、颯太と夫が顔を合わせたことは一度もなかったはずだ。

「……いつも」

颯太はぽつんと一言答えると、気まずそうに黙り込んだ。

7

久しぶりに見る〝我が家〟は、思った以上に綾子の胸をかき乱した。

ポストにチラシが溢れていた。玄関の前に蓋の開いた段ボール箱が置き去りになっている。今日はゴミの日ではないのに、コンビニのレジ袋に入ったゴミが駐車場にいくつも出してある。

このままではいけない。きっと近所の人たちも不穏な気配を察しているに違いない。思わず片付けなくては、と、身体が動きそうになるところを必死で抑えた。

足音を忍ばせて庭に回り込む。

「クッキー、おいで」

一階の寝室の窓の隙間から呼びかけると、ほんの数秒後に、耳の先だけ黒いクリーム色のチワワが、ひょこんと顔を覗かせた。

クッキーは口を開けて真っ赤な舌を出して、はあはあと息をしている。

「静かによ、お願い。静かにしてね」

あ、失敗した、と気付く。

クッキーの無駄吠えが激しいことは知っていた。万が一、興奮して吠えられてしまったら諦めるしかない。

そうならないために、わざわざクッキーが好きなおやつをコンビニで買ってきたはずだったが、借り物のリュック型ケージの中に入れたままにしてしまっていたのだ。

「クッキー、静かにしてね。おやつがあるの。ほんとうよ。リュックの中にあるの」

勝手にクッキーを連れ出そうとしているのが見つかったら、どうなるかわからない。がたがた震える心をどうにかこうにか鎮《しず》めて、落ち着いた声で囁きかける。

クッキーは賢そうな顔をして、綾子の目をじっと見つめた。

息を殺してそっと網戸に手を掛ける。夫の両親が遺《のこ》した築三十年以上の古い家だが、網戸は外からでは簡単に開かないようにできていた。

力任せに開けようとすると、サッシがきいきいと耳障りな音を立てる。

一日が始まろうとしている朝の七時だ。夜通し目覚めているような暮らしをしている人間にとっては、朝の光が刺々しく感じられる時間だ。きっと夫はビールの空き缶に囲まれて、リビングで眠りこけているはずだった。

トラックが地響きを立てて通り過ぎたタイミングに合わせて、勢いよく網戸を開けた。

「おいで、いい子、いい子よ。ほんのちょっとだから我慢をしていてね」

前抱きにしたリュック型ケージにクッキーを入れて、転がるようにその場から逃げ出す。

クッキーの汚れた毛並みから、うっと息が詰まるような悪臭が立ちのぼった。

心臓が喉のあたりではち切れそうに脈打っていた。吐き気がした。眩暈《めまい》もする。今にもその場に倒れ込みそうだったが、そんな甘えたことを言っている場合ではなかった。

最寄り駅で電車に乗り込んだときは、何かあったらすぐに助けを求められるように最後尾の車両の車掌室《しゃしょうしつ》の目の前に立った。ドアが閉まった瞬間に、安堵のあまり声を出して泣き出しそうになった。

それから電車で一時間半。動物病院に辿り着くまで、クッキーは一度も吠えることはなかった。

8

「クッキー!」

動物病院の待合室で、颯太が歓声を上げて出迎えた。

朝早くの電車でかつての自宅へ向かう前に、動物病院へ寄って颯太を預かってもらっていたのだ。

「ごめんなさい、助かりました。成功です。颯太、いい子にしていましたか?」

綾子が獣医さんに頭を下げると、獣医さんは製薬会社のロゴの入った動物の塗り絵をこちらに見せて、

「颯太くん、とてもお利口さんですね。こちらの言っていることは、すべて理解しているようです」

と、なんだか動物への感想のようなことを言った。

「颯太とクッキー、会わせてあげてもいいでしょうか？」

綾子はきょろきょろと原田美由紀の姿を探しながら、獣医さんにこっそり訊いた。

「いいと思いますよ。原田さんまだいらっしゃっていませんし。今のうちに、どうぞどうぞ」

いちいち緊張感のない獣医さんの様子にかえって少しほっとしながら、綾子は背負っていたリュック型ケージの蓋を開けた。

クッキーがひょこんと顔を出した。と、目を見開いて、きゃんきゃんきゃんきゃん！　と、狂ったように吠えた。

疲れ切った頭にがつんと響いて、思わず耳を塞ぎたくなってしまうような、とんでもない鳴き声だ。

「……クッキー、あいたかったよ」

颯太が優しい声で、クッキーに抱きついた。

クッキーは泡を吹きそうに興奮して、颯太の顔を舐めまわす。

目の周りも口の周りも茶色く汚れた毛並みに、ぷんと漂う悪臭。

颯太のことを舐めまわしている間も、隙を見つけては、きゃんきゃんきゃんと吠え立てるので、危なっかしくて仕方がない。

ふいに綾子の胸の中に、ごめんなさい、という言葉が浮かんだ。

クッキーは、この仔犬は、ただ生まれてきて、ただ売られて、ただその場で生きているだけだ。

何ひとつ悪いことなんてしていないのだ。

それなのに、私たち家族のところへやってきたせいで、こんなに汚れてここにいる。

「……クッキー、颯太くん、よかった」

えっと思って振り向くと、綾子の隣で、獣医さんがぽろぽろ涙を流して泣いていた。

確かに長い間離れ離れになっていた子供とペットが再会する光景は、感動的だ。だがこれから、颯太とクッキーの間にはほんとうの別れが待っている。

動物のプロ、であるはずの獣医さんがここで泣き出すのは、まだ早いのではないだろうか。

「クッキー！　クッキー！」

満面の笑みでただクッキーの名を呼び続ける颯太は、獣医さんの様子には一切気付いていないようだった。

ふいに古いガラスのドアが開いた。

「うっす」

原田美由紀だった。今日はヘルメットを抱えていない。クッキーを運ぶために車で来たのだろう。金髪の髪を後ろでポニーテールにまとめて、ヒップホップのダンスグループのような紫のジャージ姿だ。

「おはようございます。ご覧のとおり、岡本さん、クッキーちゃんの救出に成功しました」

獣医さんが慌てた様子で涙を拭いた。

「あんたが颯太くん？　四歳？　デカいね」

原田美由紀が颯太に鋭い目を向けた。

颯太が急にしゅんとした顔をして、こくんと頷く。

「岡本さん、お疲れさま。朝から大変だったね。ひとりでよく頑張ったよ。見直した」

まさか原田美由紀から労《ねぎら》いの言葉を掛けられるとは思っていなかったので、驚いた。

「は、はい」

「一応、犯罪だけどね」

原田美由紀は、息を呑んだ綾子を面白そうに眺めた。

「それじゃ、これ書いてください。今後、クッキーちゃんの一切の所有権を放棄します、ってサイン、お願いします」

と、誓約書《せいやくしょ》、と題された厳《いか》めしい書類を差し出した。

難しい言葉遣いをどうにかこうにか読み解くと、とにかくこの書類にサインをしたら最後、私たち親子は今後一生、クッキーに会うことはできないと書いてあった。

「こうやって手放しても、自分が暇なときとか、寂しいときには、自由に会いに行けると勘違いしている人がたまにいるんですよ。そんな自分勝手なことされてこの子の心を乱されたら、新しいご家庭はたまったもんじゃないですからね。クッキーちゃんは、もうあなたたちとは違う家の家族になるってことなので」

いつの間にか、前回会ったときは常にヤンキー調だった原田美由紀の言葉遣いが、少しずつ事務的なものに変わり始めているのに気付いた。

「その代わり、今後一切の食費や医療費など、クッキーちゃんに関わる費用は、〝いぬたろう〟、又は新しい飼い主さんが負担します。岡本さんへの請求は一切ありません」

「……はい、わかりました」

反論するところはどこにもない。綾子は手早くサインを済ませた。

傍らで、颯太とクッキーが揃って丸い目をしてこちらを見上げていた。

「ありがとうございます。じゃ、そういうことで」

原田美由紀が急にさっぱりした顔をして、床に置いてあったリュック型ケージを手に取った。

「おーい、クッキーちゃん、行くよー」

颯太の傍らにぴたりと寄り添っていたクッキーに手を伸ばす。がぶっと噛まれた。

「いてて、大丈夫だよ。怖いことないって。おいで、おいで」

原田美由紀の鶏ガラのように細い手の甲に、ぽつんと牙の痕。一瞬遅れて血が流れ出す。

「いたくないの？」

強張った顔の颯太に訊かれて、原田美由紀は「痛いに決まってんじゃん。でも、このくらいなら、ぜんぜん平気。慣れてるから」と、にやっと笑った。

結局、原田美由紀は興奮して吠え立てるクッキーの首根っこを摑むようにして、どうにかこうにかケージの中に押し込んだ。

だがその手つきには一切の迷いがなく、安定していた。

「えっと、颯太くんだっけ？　何かこの子に伝えたいことある？」

リュックを背負った原田美由紀が訊いた。

買ってもらったばかりのランドセルを見せる小学生のようにこちらに背を向けて中を見せてから、前抱きに抱え直す。リュック型ケージの側面のファスナーを開くと、メッシュ生地で覆われた窓が現れた。

クッキーが鼻をふがふが鳴らしながら、金切り声を上げて吠え立て、焦《あせ》った様子で身を震わせている。

「……うん。おはなししたい」

颯太が大人びた顔をして一歩前に進み出た。しばらくずっと黙って、メッシュ越しにクッキーの姿を見つめている。

「颯太、クッキーに、ばいばいって言ってごらん。クッキー、ばいばい、って」

「あんたじゃないから。ちょっと、黙っててくれる？」

涙声で言った綾子に、原田美由紀は間髪を容れずに鋭い目を向けた。

「……すみません」

身を縮めた綾子を無視して、原田美由紀はその場にしゃがみ込んだ。

リュックを下ろして、颯太の肩にそっと手を置く。内緒話をするように声を潜めた。

「この子さ、おばちゃんと、おばちゃんのお友達が、大事に大事に可愛がるね」

颯太が泣き出しそうな顔で原田美由紀を見上げる。

やだ、連れていかないで、というように左右に首を振る。

「だからさ、今までありがとね。この子のこと、大事に可愛がってくれてありがとう。こんなに大きくなるまで、こんなにいい子に育ててくれてありがとね」

クッキーがリュックの中で神経質そうな声できゃん、きゃんと鳴いた。

原田美由紀は、颯太に向かって深々と頭を下げた。

颯太は大人に頭を下げられて困惑した顔をしている。助けを求めるような目でこちらを見たので、綾子は黙って頷いた。

「クッキー、あのね」

颯太がメッシュ生地の窓に顔を擦り付けるようにして、中を覗き込んだ。

「クッキー、だいすき」

しんと静まり返った。

「だいすき、だいすき」

颯太がわっと泣き崩れた。クッキーが、喉が潰れるような金切り声で吠え立てた。

――ああ、私は、何てことをしてしまったんだろう。

夫の笑顔や、前の家に引っ越してきた頃の楽しい思い出、颯太が生まれたときの幸せいっぱいの光景。そんなものが次々と胸の中に蘇っては消えた。

「颯太くん……」

獣医さんがぐずぐずと洟を啜って泣きながら、颯太を抱き締めた。二人できつく抱き合って泣き崩れる。

「岡本さん、ここは先生に任せて、ちょっと来てくれる?」

原田美由紀が綾子の背を人差し指で叩いた。

「ドア閉めて。すぐ終わるから」

扉が開いたままの診察室に勝手に入って、綾子を手招きする。

強い言葉をぶつけられるのだと覚悟をした。すべて甘んじて受けようと、打ちひしがれた気持ちで後に続いた。

「前にさ、なんで私がこんな活動してるのか、って話、したでしょ？　その答え、教えとくね。これ見て」

原田美由紀がスマホを素早くいじって、画面をこちらに向けた。

背景は海辺だ。サーフボードが積まれたアメ車に乗ったダルメシアンが、原田美由紀と夫らしき日焼けしたいかつい男に挟まれて、笑顔としか言い表せないような得意げな顔をしてカメラをまっすぐ見つめている。

「名前、チョッパーっていうんだ。チョッパーって感じの顔してるでしょ？　ヴィンテージのバイクの名前」

チョッパーは、いかにも人間に愛され、人間と信頼関係を築くことに成功した犬の顔をしていた。瞳には賢そうな意志が宿る。今にも喋り出しそうだ。少なくとも、YESとNOの意志の疎通はまったく問題なさそうだった。

人間に怯えて震え、狂ったように吠え立ててすぐに牙を剝くクッキーとは、大違いだ。

「……かわいいですね」

どう答えていいかわからずそう言った。

「うん、めちゃくちゃかわいい。でも私、この子、殺しちゃったんだ」

息が止まった。

「チョッパー、ドライブ中に窓を開けて、私の膝の上で風にあたるのが大好きだったの。危ないっていうのはわかってたけどね。今まで十年近く同じことしていて何ともなかったから、うちの子は他の犬と違うと思ってた。他の犬と違って、お利口だから大丈夫だと思ってた。そしたら、目の前で窓から落っこちて死んじゃった。地獄だよ」

原田美由紀が感情のない声で言った。

「その日だけ車検で代車だったから、とか。前の車が急ブレーキかけたから、とか。いろいろ理由はあったんだけどね。でも結局は、私が馬鹿だったからいけないんだよね。馬鹿な飼い主に飼われたから、チョッパーは殺されちゃった。百パーセントの安全対策をしたって事故は起きるんだから、傍《はた》から見て危ないことをすれば、遅かれ早かれ必ず事故るんだよね。私みたいな馬鹿だとさ、そういうの、自分のいちばん大事な存在を殺しちゃうまで気付かないんだ」

原田美由紀が〝馬鹿〟というときに、苦し気に眉間に皺を寄せた。

「あれからね、一日たりとも幸せなときがないんだ。チョッパーと一緒にいた楽しい思い出は、ぜんぶ地獄への伏線《ふくせん》みたく感じる。私が死んでたらどれだけよかったかな、って思う。後悔しても後悔しても、しきれない。毎日ごめんねって泣いてる、毎日悪夢を見てる」

「だから、チョッパーの死を無駄にしないように、この活動を始めたんですね」

綾子の言葉に、原田美由紀が不思議そうな顔をした。

「いや、そんな立派なもんじゃないよ。私がどれだけたくさんの犬を救っても、チョッパーの死は、私に生きる道を示してくれた〝尊い犠牲〟になんてならない。事故っていうのは、ただひたすらかわいそうで、ただひたすら悲しくて、どこにも救いがないの。この活動は、私が頭おかしくならないために仕方なくやってるだけだよ」

原田美由紀が鼻を鳴らして笑った。

「だからさ、岡本さん、ありがとね。クッキーの命、助けようとしてくれてありがとう。新しい家族に繋ごう、としてくれてありがとう。もうそれだけで私なんかよりも、ずっとずっと立派な飼い主だから。あんまり自分を責めないで。でもね――」

原田美由紀が綾子の顔を覗き込んだ。

「絶対に、もう二度と動物は飼っちゃだめだよ。約束してね」

原田美由紀のグレーのカラーコンタクトの入った目は、人形のように血が通っていないように見えた。

9

それからほどなく、綾子は颯太と共に熱海の母のところで暮らし始めた。

まずは母の働いていた観光ホテルで一緒に働き始めて、その仕事の合間に通信教育で宅建士《たっけんし》の資格を取った。

かつて不動産会社で働いていたという経歴を生かして、リゾートマンションの開発、売買を中心に手掛ける不動産会社の営業職として働き始めると、折り合いが悪いはずの母と口喧嘩をする暇もなく、昔の思い出に浸る暇もないほどに、全力で働いた。

海に囲まれ観光客で賑《にぎ》やかな熱海の町は、これまで暮らしていた東京とはまったく違う穏やかな空気が流れていた。

不動産の営業職という心身ともに過酷な仕事をしていても、じっと海を眺めていると心がすっと落ち着いた。

サッカーに熱中した颯太は海辺の陽《ひ》に焼けて一年中真っ黒な肌をして、驚くほどの大食い少年になった。

綾子にとって、家族にとって、あっという間の七年間だった。

どうにかして人生を立て直すために、全力で生きた七年間だった。

そんなある日、原田美由紀からの電話を受けた。

「岡本さん、とっくに忘れてると思うんですけど――」

聞き覚えのある声。忘れるはずのないその声に、息が止まった。

「リリーちゃん、久しぶりー」

安西さんの旦那さんの書斎には、原田美由紀が先に入った。

四畳半ほどの部屋には窓に面した大きな机があり、左右の壁は天井まである作り付けの本棚だ。アーロンチェアのキャスターには、ガムテープの芯が不格好に嵌めてある。足元を走りまわる犬たちが、椅子の車輪に脚や尾を巻き込まれないようにするためだろう。

床に敷いた花柄の毛布の上で、オムツをしたクリーム色のチワワが横たわっていた。目の周りは涙やけで真っ黒になっていて、瞼は半分も開いていないようだった。毛並みは清潔ではあったが、ところどころ禿《は》げて乱れている。

口の周りには、まだ新しい流動食《りゅうどうしょく》がこびりついていた。

三人が部屋に入ってきても身体を上げることはない。息は浅い。

素人の綾子にも一目で最期のときが近いとわかる様子だった。もう、颯太が持ってきた缶詰をあげることは難しいだろう。

「ねえ、なんか、今日はね、珍しいお客さんを連れてきたよ」

原田美由紀が綾子と颯太を振り返った。

「……クッキー？」

颯太が恐々という様子で呟いた。

綾子はぎくりとして原田美由紀を見上げた。

昔の名で呼んだことに文句を言われるかと思ったが、原田美由紀の表情は変わらない。

クッキー、と昔の名で呼ばれても、颯太の声を聞いても、あの子の反応は何もない。半開きになった口から、微かに震える白っぽい舌が見えている。

「クッキー、がんばって」

もう一度、颯太が呼びかけた。だが颯太の声は、あの子の耳をすっかり素通りしてしまっているのがわかった。

颯太が拍子抜けしたように原田美由紀を見上げた。

「……撫でてもいいですか？」

原田美由紀が、もちろん、というように大きく頷いた。

「ホントは、私に訊かれてもわかんないけどさ。嫌がったらやめればいいいんじゃん？」

颯太が横たわったチワワのお腹のあたりをそっと撫でた。

そのまましばらく何度も何度も――。

あの子はただ虚空を見つめて息をしているだけだ。

感動の再会の時は、いつまで経っても訪れない。

「……リリーちゃんってさ、とんでもない暴君《ぼうくん》だったんだよね。犬を飼うことに関しては大ベテランのはずの安西さんが、どれだけ愛情込めて可愛がっても、吠えまくるし嚙みまくるしで、散歩もろくにできないくらい。ほんとうにたいへんだったんだよ」

原田美由紀が綾子を振り返った。人差し指で涙を拭く。

「だからさ、安西さんは嚙まれないように、この子の毛並みの手入れをするときは分厚い革の手袋してたの。旦那さんは足を齧られないように、どんなときも急に立ち上がらないように気をつけて。書斎から出るときには、まずは遠くにおやつを撒いてリリーちゃんを向こうにやってから、その隙に素早く逃げ出すの」

原田美由紀はリリーちゃんに優しい目を向けた。

「安西さん、すごくすごく苦労したと思う。自分がこの子を引き取ってよかったんだろうか、って。この子は幸せなんだろうか、ってずっと悩んでたと思う。だから最期だけは、少しでも安西さんに楽になって欲しかったんだ。安西さんの希望を聞いてあげたかったんだ」

「……この子、僕たち家族のことなんて、とっくに忘れているんですよね。今までずっとこの子が僕らに会いたがっていた、っていうのは、ただの安西さんの思い込みなんですよね」

颯太が大人びた顔をして目を伏せた。

「うん、たぶんそう。せっかく来てくれたのに、ごめんね。協力してくれてありがと」

原田美由紀が肩を竦めた。

颯太はしばらく原田美由紀の言葉を噛み締めるように、黙っていた。

「いいんです。ありがとうございます。僕、この子のこと大好きだから、会えてよかったです」

颯太はもう一度リリーちゃんのお腹を撫でると、

「リリーちゃん、大好きだよ」

と囁いた。

そのとき、リビングから安西さんの声が聞こえた。

「こらこら、アラン、やめなさい。颯太くんは、リリーちゃんのお見舞いに来た、って言っているでしょう？　違うの。違うのよ。お迎えじゃないの」

颯太に出会って興奮したアランを宥めている声だ。

アランが昔飼われていた家には、きっと今の颯太と同じくらいの年頃の少年がいて、アランのことを大事に可愛がっていたのだろう。

リリーちゃんの耳がぴくりと動いた。

これまで颯太が何を問いかけても一切の反応を見せなかったリリーちゃんが、安西さんの声に、一度だけぱたんと尾を振った。

水から上げられた魚のように、苦し気に口をぱくぱくと開いて、苦悶《くもん》の表情を浮かべながら、渾身の力を振り絞るようにして半身を起こす。

肩で大きく息をしながら、口の端に泡を溜めながら、獅子が崖を上るかのような鬼気迫る様子で、リビングに顔を向ける。

リリーちゃんの曇った目には颯太も綾子も映っていない。リリーちゃんはただ安西さんの姿だけを求めていた。

「よし、もう、行こうか。安西さん、ありがとうございまーす。リリーちゃん、すごく喜んでました。それで、今、安西さんのこと呼んでますよ」

原田美由紀が、涙を流す颯太の頭をぐりぐりと乱暴に撫でた。

「来てくれて、本当にありがとう。悲しい思いをさせて、ごめんなさいね」

部屋に飛び込んできた安西さんが大きな身体で颯太を抱き締める。颯太はただ黙って首を横に振っていた。

虫の息のリリーちゃんは、どうして自分ではなくて颯太がまず先に安西さんに抱き締められているのか腑《ふ》に落ちない顔をしていた。

眉間に皺を寄せるようなむっとしたような表情に、普段の我儘放題の振る舞いが想像できた。

――この子は幸せだった。

綾子はハンカチで涙を拭いた。

――素晴らしい人たちに心から愛された、幸せな一生だった。この子を手放してよかった。この子に新しい家族を見つけてあげたのは、良いことだったんだ。

そんなきれいごとを心で呟きかけて、慌ててぶるりと身を震わせた。

振り返ると、すべてを見透かすようなグレーのカラーコンタクトの瞳で、原田美由紀が綾子のことをじっと見つめていた。

綾子は原田美由紀の目を、真正面から見据える。ゆっくり頷いた。

拳を力いっぱい握り締める。息を大きく吸う。

そしてこの言葉を胸の中で唱える。一言一言を、自分に言い聞かせるように。

――もう二度と、動物は、飼わない。

第四章　タタン

1

田川瑞希《たがわみずき》は眉間に皺を寄せて、スマホの画面を素早く操作した。

就職と同時に家を出てからはすっかり疎遠だったはずの弟だが、今日は発信履歴に残った名前がすぐに見つかった。

三ヶ月前、弟夫婦に初めての子供が生まれたのだ。

夜中に分娩室に入ったという連絡があった。そこから母と二人、すごい早口でお喋りをしたり仏壇の父にお祈りをしたりしながら、少しも眠ることができずにひたすら生まれたという報告を待ち続けた。

たっぷり時間が過ぎたころに、弟から「そういえば、朝方に無事に生まれました。今、俺は、病院からの帰り道」なんてメッセージが来たときは、「どうしてすぐに言わないのよー！」なんて叫んで、頭を抱えたものだ。

やった、家族が増えた、と思った。

母はまだしも、私はただの伯母《おば》だ。親戚だ。けれど、すごく一方的に、新しい家族がこの世に生まれてきてくれた、と感じた。嬉しかった。まるで夢のようだった。

熱に浮かされたみたいに喜ぶ瑞希と母を、タタンはいつものようにお気に入りのキャットタワーの上で眠そうに見つめていた。

瑞希は受話口の向こうに耳を澄ました。

「はい」

電話の向こうでたった一言の無愛想《ぶあいそう》な返答があった。かといって不機嫌なわけではない。

弟は昔からこんな感じで、家族とは必要最低限のことしか話さない。美術大学付属の女子校、なんていかにも癖の強そうな生徒がたくさんいそうな場所で、数学教師として働いている姿が少しも想像できない。

「みんな元気にしてる？　明日香さんも、トモ……ちゃんも」

赤ちゃんは男の子だった。たしか、ともゆき、ともひろ、とものり……。

名前の後半が一瞬、飛んでしまった。何百回も口にした、大事なかわいい甥《おい》っ子の名前のはずなのに。

「うん、元気だよ」

「よかった。えっと実はね、明日香さんに教えて欲しいことがあって。トモちゃんのお世話が忙しくない、少し一休みできる時間があったら、代わりに訊いてみてくれる？」

産後はとにかく忙しいと聞く。義妹の明日香がどんな生活をしているのか、瑞希には見当がつかない。

「いいけど。どうしたの？」

「タタンの動物病院のことなんだけど」

「えっ、タタン？　病院、って、どこか体調悪いの？　どういうこと？」

弟の口調が急に変わった。

タタンはアメリカンショートヘアという種類の牡猫《おす》だ。十三歳になる。シルバーの毛並みにくっきりと黒い縞《しま》模様が美しい。目の周りがアイラインを引いたみたいに真っ黒で、緑色の瞳が美しい。どんなに眠いときでも、話しかけると必ず一声鳴いて応じてくれるそのまっすぐな心が美しい。

そのタタンが体調を崩した。

お腹を下してしまい、一日に何度も食べたものを戻し、吐くものがなくなると胃液を吐いた。お気に入りのベッドの上で、すぐに丸くならずに四肢《しし》を強張らせて一点を見つめ、小刻みに震えていた。階段の途中で電池が切れた人形のように前脚を一段上に乗せたまま、一分近く凍り付いてしまった。

いつも居心地悪そうな変な格好のまま、目を細めて背中を丸めている。痛みに苦しんでいるのは明らかだった。

一刻も早く動物病院に連れていかなくちゃと気になっていた。けれど、タタンはこの家の外に出るのが大嫌いだ。

外出用のケージを出すと一目散にソファの下の隙間に入ってしまう。そうなると人間のほうが諦めるまで決して出てこない。もしも前脚を摑んで無理やり引き出そうなんてしたら、きっと血が出るくらい本気で引っ掻かれる。

母がひとりでタタンを動物病院に連れ出すのは難しかった。瑞希の仕事が休みになる週末を待ちながら、どうしよう、どうしようと不安が募っている間に、タタンの具合はどんどん悪くなっていった。

昨夜ついに、帰宅した瑞希の前で真っ赤な泡を吐いた。慌ててタクシーで三十分ほどのところにある、二十四時間診療を売りにした動物病院に連れていった。

その動物病院の広い駐車場には都内全域はもちろん、神奈川や埼玉、千葉のナンバープレートの付いた車が停まっていた。待合室には、仕事帰りの疲れた顔をもっと曇らせた人たちが、不安そうに愛犬を撫で、愛猫《あいびょう》の入ったケージを抱き締めていた。

「そうか、それでセカンド・オピニオン、ってことなんだね。わかった。明日香……今、トモと一緒に寝てるから、起きたらすぐに聞いてみるよ」

弟のひどく気落ちした声が、それでも頼もしく聞こえた。

「うん、お願い。明日香さんがうちに来たときに、すごくいい先生、って話していたのを思い出して」

数年前、明日香がこの家に結婚の挨拶にやってきた。タタンに会ったそのときに、目にいっぱいの涙を浮かべた姿を思い出す。

――この子の笑顔がそっくりなんです。最後の二年だけ、私が一緒に暮らしたぶーさんに……。

猫にぶーさん、なんて敬称を付ける人に悪い人はいない。

詳しく話を聞くと、ペット不可のアパートでのひとり暮らしだったというのに、大家さんに頼み込んで、怪我をしていた年老いた野良猫を引き取って大事に可愛がったという。

なんていい人だろう、と、明日香のことが一瞬で大好きになった。

「けど、その病院は酷いね。命を何だと思ってるんだよ。別の病院を探すの、正解だと思う」

要点だけ伝えて手早く電話を切ろうとしたのに、珍しく弟が話を続けた。

「うん、酷いよね。私もお母さんも、最初、言われた意味がわからなくてさ。きょとんとしていたの。でも後になってからじわじわときたよ。タタンがかわいそうだし、腹が立つしで、もう昨日はぜんぜん眠れなかった」

「お金儲け主義の、悪い動物病院だったのかなあ」

弟はよほどのことがあっても声を荒《あら》げて怒ったりはしない。相変わらずののんびりした口調のままだ。けれど言葉の選び方からして、これは相当怒っているのがわかる。

「私もそう思う！　タタン、これまですごく丈夫で、病気になったことなんてなかったから。ミケ子がお世話になったときの動物病院が閉院しちゃったときに、あの先生にどこか紹介してもらえばよかった、って心から後悔したよ」

弟に一通り文句を聞いてもらったら、少し気持ちが落ち着いてきた。

あれからずっと息が浅かった。喉が苦しかった。今にもわっと声を上げて泣き出しそうだった。

電話を切ってすぐにタタンのところへ行く。

タタンは、今日は土曜日で私の仕事が休みだと知っているので、「休みの日用のベッド」でこちらに目を配っている。リビングの書斎スペースに置いた、スキャンとコピー機能を備えた四角いプリンターの上だ。

母によると、平日の昼間は「平日用のベッド」の古びてぺたんこになったビーズクッションの上にいるらしい。

土日と平日。私が起きてくる前からその違いに気付いて、その曜日に応じたベッドで一日を過ごす準備をする。タタンはとんでもなく頭がいい猫なのだ。

「タタン、大丈夫だよ。ぶーさんが通った先生のところに行こうね。きっと助けてくれるからね」

タタンの毛並みに思いっきり顔を埋めると、骨ばった身体の奥でぐるぐるぐるぐると喉を鳴らす音が聞こえた。

ふいに胸が刺すように痛む。痛すぎて息が止まる。

――安楽死も視野に入れることになるかもしれません。

夜間診療の動物病院でタタンを担当したのは、まだ若い女性獣医師だった。

そういえば、妙に髪の色が明るかった。睫毛エクステをつけていた。舌足らずで甘ったるい喋り方だったような気がする。

また息が上がってくるような気がした。

きっとあの女性獣医師は、夜間診療の高給に目が眩《くら》んだ、動物の命なんてなんとも思わない氷の心を持った人に違いない。手間がかかる治療なんて無駄だ、早く楽にしてやったほうがいい、なんて、平然と決断できてしまうような冷たい人だ。

弟が言ったとおりだ。私は間違えてとんでもなく酷い動物病院に行ってしまったのだ。

でもほんとうは、弟には言っていないことがあった。

――ずいぶん痩せていますね。

タタンの姿を見た瞬間、あの女性獣医師は眉を顰めてそう言った。

心臓に氷を押し当てられたような気がした。

この半年ほど、タタンが急に痩せ始めたことに気付いていなかったはずはないのだ。

なのにただ齢を取ったせいだなんて決めつけて、こんなに元気だから大丈夫、なんて自分に言い聞かせて、いよいよタタンが苦しそうになるまで病院に連れていかなかったのは私だ。

「タタン、大丈夫、大丈夫よ。必ず治るからね」

タタンにざらりと頬を舐められた。後から後から流れ落ちる涙で頬が濡れていたことに気付いた。

2

「それじゃ、出かけてくるわね。タタンが吐かないか見ていてあげてね。あとご飯のお皿は、すぐに洗っておいてよ。タタンが常に狙ってるから。塩分、タタンにはすごくよくないのよ。あの先生も言っていたでしょう？」

遅い朝ご飯を食べていると、母がファミリーサポートの仕事に出かけた。

近所の小さい子をお稽古事先へ送り届ける、という、一時間ほどで終わる高齢者の地域ボランティアのような仕事だ。

「うん、わかった」

瑞希は〝あの先生〟の姿をあまり思い出したくない気分で頷いた。

タタンの姿を目にしたときのあの女性獣医師の険しい横顔を思い出すと、息が詰まるほどの後悔に襲われた。

私のせいだ。タタンの具合が悪くなったのは私のせいだ。

瑞希は痛む胸を押さえて俯《うつむ》いた。

タタンはご機嫌な様子で、ゆっくり尾を振りながら母の背中を見つめている。

ほんとうは――。

タタンは、数年前から急に人の食べ物を欲しがるようになった。

食卓からほんの少し目を離すだけで、お刺身や焼き魚はもちろん、パンやシチューやケーキやフルーツまでもがつがつと喰い散らかしてしまう。

そんなときのタタンはいくら瑞希や母が「タタン、駄目よ!」なんて叫んでも、一切意に介さない。

言葉どおりに無理やり引き剝がすまでひたすら食べ続ける執着には、こちらのほうが気が引けてしまうような鬼気迫るものを感じた。

それほどの勢いで食べているのに、身体は少しずつ痩せていく。明らかにおかしかった。あの頃からタタンは病気だったのだ。

どうして気付かなかったんだろう。どうして大丈夫、なんて楽観的に思い込んでしまったんだろう。

食事を終えて、手早くお皿を綺麗に洗う。母がいなくなって静かになったリビングで、コーヒーを手にタタンのいる書斎スペースの椅子に腰掛けた。

タタンが、いらっしゃい、というように鳴く。

埃《ほこり》が溜まった小さな写真立てに目を向ける。古びた写真のミケ子が得意の流し目でこちらを見て、うふふ、と笑っていた。

先代のミケ子が亡くなった十五年前、瑞希は大学の交換留学プログラムの最中で、アメリカで生活をしていた。

猛勉強を重ねて特待生《とくたいせい》の枠を勝ち取った。費用負担なしに一年間の海外生活を送ることができるという、夢のように恵まれた日々だった。勉強は相当大変だったはずだけれど、初めての環境で新しい仲間と過ごす寮生活は何もかもが楽しかった。

バーベキューをして、パーティに行って、プールで泳いで、ダンスをした。

PCルームのパソコンでしかインターネットに繋ぐことができなかった時代だ。海外からスマートフォンで顔を見て話をすることなんて夢物語だった。

母とは月に一度くらい電話で話した。けれどいつも電話代が気になって、こちらの近況だけを猛烈な早口で話すだけで終わってしまった。

ミケ子が亡くなっていたと知ったのは、一年ぶりに帰国して家に戻ってからだった。白い綺麗な布で包まれた骨壺と、花瓶に生けた小さな花。母がケータイの待ち受け画面にしていたミケ子の写真が飾ってあった。

大きなショックを受けた。酷い、どうして教えてくれなかったの、と母に泣きながら言った。

ミケ子は長寿だった。私が赤ちゃんのときに家の前に捨てられていた三毛猫で、亡くなった父が仕事帰りに見つけた。私が物心つく前から一緒にいたきょうだい同然の存在だ。

私と同じ二十一歳だった。齢が齢だったので、留学前に、もしかしたらという思いが胸を過った瞬間はあった。けれどもミケ子は大丈夫、ミケ子は絶対に死なない、と、胸に浮かんだ不安を慌てて消し去った。

そんな大事な家族が半年も前に亡くなっていたことを、一言も知らせてくれないなんて。

「瑞希が悲しむといけないと思って」

そんな母の言い分に、「嘘でしょう、何それ！」と叫びたくなるほど悲しくなったのを思い出す。

それからしばらくは心の中にぽっかりと穴が開いたような気持ちで、ぼんやりして過ごした。

「ねえタタン、具合はどう？　お腹、痛くない？」

プリンターの上のタタンの背中を撫でると、タタンは尾だけをぱたんと動かした。

若い頃は樽《たる》のように太っていた大きな身体が、一回りも二回りも小さくなっていた。

背中を触って、お腹を触って、尾を触って、耳を触って、掌を触って、鼻の頭を触る。タタンはどこを触られても決して嫌がらない。

タタンは私が社会人になって二年目の夏、母と出かけたショッピングモールのペットショップで出会った一目惚《ひとめぼ》れの相手だ。

一目惚れしたのは私ではない。母でもない。タタンのほうだ。私はそう信じている。

あの日、買い物を終えた私たちは、「かわいいね」「うん、かわいいね」なんて至って普通の感想を言い合いながら、ショッピングモールの入り口にある仔犬と仔猫の透明ケースを眺めていた。

「ペットを購入したい」なんて気持ちは、その朝の時点では皆無《かいむ》だった。

ミケ子を思い出しながら仔猫ばかりを見ていた。三毛猫はショーケースには入っていないんだな、なんて思いながら。

ふと、少し大きめのシルバーの仔猫が目を覚ました。

私と目が合った。

仔猫は満面の笑みを浮かべて全身全霊で私に飛び付こうとして――。そして分厚い透明な板に思いっきり頭をぶつけて、吹っ飛んだ。

何が起きたかわからずに、きょとんとしているその顔を見たとき。

この子と家族になりたいと心から思った。

それから何日もかけて母を説得して、弟を味方につけて。「まだあの子はいますか？」とお店に何度も電話をして。

偶然と幸運が重なって、ついにタタンを家に迎え入れることができたその日。私の顔を見たタタンは、この世界がすべて溶けてしまいそうなほどの幸せそうな笑みを浮かべた。

タタンは私にとって唯一にして最高の猫だ。

私はこの十三年間、少しもそれを疑うことなく生きてきた。

3

土曜日の朝。明日香に教えてもらった動物病院は、住宅街の真ん中の細い道にあった。

築五十年は経っているように見える、古いコンクリート造りの小さな動物病院だ。時代を感じる古いフォントで、動物病院、とだけ看板が出ている。

《ごめんなさい、駐車場はありません。近隣のパーキングを利用してください》

入り口のガラスのドアに、パーキングの場所を示す地図と一緒に、そんな貼り紙が貼ってあった。すごく狭い待合室の中には誰もいないとわかる。受付にも誰もいない。

後ろから車が来ていないのを確認して、病院の目の前で慌ただしくタクシーを降りた。

車から外に出たと気付いたのか、タタンが不満げな声で「ううう」と鳴く。

分厚いガラスの扉を引いて中に入ると、栄養ドリンクのような薬の匂いと動物の匂いとが混ざった、いかにも動物病院らしい強い匂いがした。

「こんにちは」

受付の奥に向かって少し大きめの声を掛けた。受付には会計ボタンを押すとがしゃん、と鳴るような、古い形のレジが置かれているのが見えた。

奥で人の気配を感じてほっとする。

「はい、ただいま。今のこれだけ終わらせたらすぐに伺いますので、少々お待ちくださいね」

穏やかそうな男の人の声だ。水を流す音が聞こえる。紺色の手術着のようなものを着て、タオルで濡れた手を拭きながら現れた。

「――小山《こやま》くん？　小山佑斗《ゆうと》くんだよね？」

タタンのことで頭がいっぱいだったところに、遠い昔の記憶がいきなり鮮明《せんめい》に蘇った。しばらく思考が停止する。

「えっ？」

中高の同級生だった小山くんだ。二十年近く経っているのに、あの頃と少しも変わらない。痩せていて、つるんとした真っ白な肌で、つぶらな瞳で。気味が悪いほどに変わらない。そういえば小山くんちょっと髪を切った？　と聞きたくなるほどに変わらない。

小山くんは瑞希の顔をまじまじと眺めてから、困ったな、というように眉間に微かに皺を寄せた。

「田川瑞希です。中高で一緒だったよね？」

名前当てクイズをしていても仕方ない。慌てて名乗る。

「あぁっ、田川さん！」

小山くんの目が丸くなって、親し気な笑みが浮かんだ。小山くんの記憶に残っている私の名前は、青春の楽しい思い出を呼び起こすものになっているようでほっとする。

同時に今の私は、名前を言われなければ高校生の頃の面影がわからないんだな、と少し寂しい。だがそんなこと当たり前だ。三十六歳が十五歳の頃と同じ顔をしているはずがない。小山くんのほうがおかしいのだ。

「元気そうだね」

「うん、元気だったよ。小山くんはほんとうに獣医さんになったんだね、びっくりした」

小山くんは、瑞希と同じ私立中高一貫校の理系特進クラスで獣医学部を目指していた。

特進クラスの日々は、今思い返してみてもかなりハードな生活だった。

元から進学率は悪くない中堅どころの進学校。一学年に八クラスある中で一クラスだけ、猛烈にスパルタな受験指導を行うクラスだった。

特進クラスの生徒は、部活動も文化祭活動もほぼ関わらなくてもいいことになっていた。朝はゼロ時限と呼ばれる小テストの時間、放課後は予備校と提携した補習授業、とひたすら受験勉強に打ち込むのだ。

特進クラスの生徒たちの話題の中心は常に受験勉強だった。受験は究極の個人プレーのはずだが、不思議とライバル意識よりも連帯感のほうが強かった。同じ勉強という手段で極限まで自分の能力を試そうとしている同志として、男子も女子も関係なく皆で効率的な受験勉強の方法の情報交換をしていた。

勉強は辛かったし苦しかった。でもアスリートみたいで結構楽しかった。青春のすべてを懸けてひとつのことに熱中するという意味では、部活動に打ち込む同世代の高校生たちと変わらなかった。

そんな日々の中、小山くんと話したあのときのことは妙に鮮明に覚えていた。

——日本の大学で獣医学部があるところは十七校しかなくてね。その定員は私立国公立ぜんぶ合わせて千人に満たないんだ。その中で、僕の家でも学費が払える国公立大学で、さらに自宅から通えるのは、○○大学と△△大学だけ。つまり最低でも主要科目はすべて偏差値七十以上を狙わなきゃいけないんだ。

小山くんは、少し、いや、かなり困った顔をしてそう言っていた。

——偏差値七十！　なんでそんなに難しいんだろうね。獣医さんって、人間のお医者さんと同じくらいお金が儲かるわけじゃないんでしょ？　やっぱり動物ってかわいいから、人気があるのかなあ。

屈託《くったく》なく訊いた高校生の瑞希に、小山くんは、「うん、動物ってかわいいからだと思う」と、真面目な顔で答えた。

その子供っぽい返答がなんだかすごく可笑しくて。瑞希がぷっと噴き出して笑ったら、小山くんは不思議そうにしていた。

結局、小山くんは現役での大学入試に失敗してしまい、瑞希のほうは志望校だった有名私大の経済学部に合格した。連絡先の交換をしていたわけでもない二人のか細い縁は、それきり途絶えてしまった。

でもあれから小山くんはちゃんと、夢だった獣医学部に入ることができたんだ。

「今日はうちの猫を診て欲しいの」

知り合いだったとわかって、少しほっとした。

けれど同時に、これから先どこまで親しくなるか読めない相手だ、とも思う。積もる話は一切せずに本題に入ることにした。

「セカンド・オピニオンが欲しくて」

これから先、すぐにまた別の病院にかかることになる可能性もじゅうぶんにある。念には念を入れた言い方をした。

「そっか、じゃあすぐに診察してみようね。血液検査の結果はある？　ここ数日の数値がわかれば、もう今回は血液検査するのはやめとこう。痛いもんね」

小山くんの顔が少しだけ真面目になった。けれども声は優しい。

タタンに話しかけているのと、瑞希に説明しているのと、ちょうど中間のような喋り方をする。

「うん、持ってきた。あと、レントゲンと、エコーと」

夜間診療の病院で貰った検査結果の書類を、封筒ごと差し出した。

小山くんは封筒に印刷された動物病院の名前をちらりと確認した。

こんなところに行ったの⁉　ここはすごく評判が悪い動物病院だよ！　と言って欲しかった。

でも、そんな反応はない。

診察室へ入ってしばらく、小山くんは検査結果の書類を確認しながら診察台の前でうろうろしていた。軽く握った拳を顎のところに当てて、ひとつひとつの項目に、うんうん、と頷いている。

「タタン、スムーズにケージから出せる子ですか？　怖がっちゃっているかな？」

小山くんがケージの隙間から覗き込むと、タタンが、しゃーっと怒りの声を上げた。

「大丈夫、だと思います。ちょっとやってみますね」

診察が始まった。瑞希も気付かないうちに敬語になっていた。

中高の同級生の小山くん、が、〝先生〟に変わる。

脱走防止に洗濯ネットを被せたタタンをケージから引っ張り出す。タタンは嫌がってケージの入り口にしがみついたけれど、「タタン、いい子、いい子よ」と言いながらその手をそっと広げさせて。どうにかこうにか。

「わあ、いい猫ですね。かわいいですね。十三歳ということは、かなり人の言葉は通じますね？」

先生はうっとりした顔で、タタンの背中を撫でた。

「あ、はい。家族の会話はだいたいわかっています」

真面目な顔で答えてから思ったけれど、なんだか変な会話だ。

タタンは緊張しすぎて抵抗できない様子で、すごく嫌な顔をしながら触られるままになっている。

毛並みを撫でているだけに見えた先生の両手が、タタンのお腹のあたりに回る。内臓の腫れを確かめているように何度も触る。

今度は頭を撫でた。タタンは耳をぺたんと倒して静かに怒っている。

その頭を、いい子、いい子、と呟いて撫でながら、目を、耳を、口の中を、有無を言わせない手つきで確認する。

聴診器を当てて、お尻で体温を測って、一通りの触診をしてから、先生は「ご協力ありがとうございます。ケージに戻っていただいて大丈夫ですよ」とタタンに言った。

「腸の腫瘍《しゅよう》がずいぶん大きくなっていますね。この大きさになってしまうと、開腹手術をしても腫瘍をすべて取り去ることは難しいかもしれません。ですがこのまま手術をしなければ、余命は一月《ひとつき》ほどだと思います」

先生は静かな声で淡々と事実を言った。

「ええ、そうです。前の病院でもまったく同じことを言われました」

瑞希は頷いた。

二回目の宣告は、最初の宣告よりももっと悲しかった。

万が一のとんでもない誤診、ということがあるのではと、どこかで期待していた。

――違う。実はすごく期待していた。

そのためには、前の病院の先生は呆れるほど能力が低く、お金に目が眩んで良心の欠片もない鬼みたいな、最低最悪の先生でなくてはいけなかったのだ。

「セカンド・オピニオンをご希望でしたね。僕もこちらの先生と同じ意見です。こうお伝えするだけで、大丈夫でしょうか？」

小山くんが前の動物病院の封筒に目を向けてから、申し訳なさそうな顔をした。

「違うんです。タタンの病気のことはわかっているんです」

瑞希は話を遮るように首を横に振った。

タタンの病気はもう治らない。残された余命は長くても一ヶ月ほどだ。

前の病院で宣告されたときに、目の前が歪んで立っていられなくなるようなショックを受けた。

だが、一方で。タタンはもう十三歳だ、ミケ子の二十一歳には及ばなかったけれど、どこかで覚悟をしていたとも思った。

瑞希は大学を卒業してからメガバンクで運用担当者として働いた。年に数回、倒れるほど忙しい時期もあるが、基本的にはやりがいと収入のバランスが取れた仕事だ。飲みに行く友達もたくさんいた。読書や旅行、スポーツジムでの筋トレという趣味もあった。

この十三年間に当然恋人も何人かいた。半年ほど前に別れた年下の彼氏とは、一時は半同棲のように週末は必ず彼の部屋に泊まっていた。

タタンのことを心の底から愛していた。

けれど私はタタンに依存しきっているわけではない。

ペットを人間の子供のように扱って、この子がいなければ生きていけない、なんて絶望するようなことにはならないはずだ。

「ねえ小山くん」

先生ではない、あの頃の小山くんに訊きたかった。

動物ってかわいいからだと思う、と答えた小山くんに。

「前の病院の先生が、安楽死も視野に入れたほうがいいって言うの。酷いよね？　そんなのって、ありえないよね？　絶対に駄目だよね？　あの先生、間違っているよね？」

小山くんがまっすぐにこちらを見た。

4

帰りにタクシーで大きな公園の横を通ったら、桜の木がびっくりするくらい瑞々《みずみず》しい青い葉を揺らしていた。

ここ数日、肌寒い日と眠くなるようなぼんやりと暖かい日とが、数日おきに繰り返されていた。季節が少しも定まらないこの感じに、あと一月ほどでゴールデンウィークだ、と気付く。ゴールデンウィークの時期の天気はすごく運に左右される。運が良いとからりと空が晴れ渡って世界のすべてが瑞々しく見えるような日になる。生きているって最高！　と言いたくなるような素晴らしい風が吹く。

本当は今年のゴールデンウィークには母と二人、伊勢志摩《いせしま》に行こうと思っていた。

オーシャンビューの落ち着いた高級ホテルに泊まり、お伊勢参りをして、おかげ横丁《よこちょう》で赤福《あかふく》を食べて、ミキモト真珠島《しんじゅしま》に行って。伊勢海老《えび》や松阪牛《まつさかうし》や岩牡蠣《いわがき》を食べまくろうと思っていた。

パンフレットを取り寄せてホテルも決めて、あとはお金を振り込むだけという頃になってタタンの具合が悪くなり、その計画は立ち消えてしまったけれど。

自宅のすぐ近く、一方通行の細い道が始まるところでタクシーを降りた。

タタンのケージを前に抱いて一分ほどの道のりを歩く。

タタンはようやく家に帰ることができるとわかっているようで、「うおー、うおー」とサイレンのような大声で怒っている。前から来た仕事中の作業服姿の男の人が、はて、という顔でこちらを見た。

「ただいま」

「どうだった？　タタン、治るって？」

待ち構えていた母に、間髪を容れずに訊かれた。

ようやく家に辿り着いたのに、ほっとする間もなく悲しいことを言うしかない。その事実が悲しくて、八つ当たりとわかっていても、少しはゆっくりさせてよと、母に苛立ちが込み上げた。

「ちょっと待ってよ。まず先にタタンをケージから出してあげなきゃ」

ケージを開けた瞬間に、あっと思った。

タタンの身体が濡れていた。

ケージの中でおしっこをしてしまっていた。下にトイレ用のシートを敷いていたはずだが、中でタタンが動きまわったせいでシートは隅っこにぐしゃぐしゃに丸まっていた。

「待って、着替える。お母さん、一瞬だけタタンを見ていて」

目にも留まらぬ速さで汚れてもいいTシャツに着替えて戻ると、母がタタンのお尻をタオルで拭いてあげていた。

「はい、はい、もうちょっとよ。いい子、いい子」

嫌がって母の手から抜け出そうとするタタンからは、目がしょぼしょぼするような強烈なおしっこの臭いがした。

「お風呂で洗ってあげなくちゃ駄目ね。あまり疲れさせないように。洗面器にお湯を張って軽く流してあげましょうかね」

母に言われたとおりに、お風呂場に飛んで行って準備をする。

「はい、赤ちゃんのお風呂ですよー」

母があやすような声で言いながら、おしっこまみれのタタンを連れてきた。

タタンはお風呂が大嫌いだ。人生で二回しか入ったことがない。この家に来たばかりの頃、気軽な気持ちでお風呂に入れようとしたら、瑞希も母も弟も傷だらけになった。

猫は自分で毛づくろいをする動物なのでお風呂には入れなくても平気だ、と知ってからは、三歳くらいのときに一度お腹を壊してお尻の毛を汚してしまったとき以外は、本当に一回もお風呂に入れていない。

「いててて、ごめんね、タタン。瑞希、タオル用意しておいて」

タタンが母を引っ掻いた。

母は悲鳴を上げながらも、どうにかこうにかタタンの身体をお湯で洗った。上半身の汚れていないところにはできる限り水がかからないように。下半身のびっしょり濡れてしまっていた部分は念入りに。

お風呂場におしっこの臭いが立ち込めた。

お風呂から上がったタタンの身体をタオルで拭いていると、母が腕を押さえて、「いやあ、やられた、やられた」と言いながら素早く脱衣所の外に出た。その隙に自分も飛び出そうとするタタンを慌てて捕まえた。

タタンはまだまだ元気だ。おしっこを漏らしてしまったのは病気のせいじゃない。初めての動物病院で緊張していただけだ。

タタンは身体が濡れているのが嫌でたまらない様子で、ぶるぶると身体を振る。すごく迷惑そうな顔だ。

ドライヤーの風を弱くして当てる。体中を優しく撫でるようにしながら。

「タタン」

名前だけ呼んだら、少しむっとしたような鋭い鳴き声が返ってきた。

ここ最近、どうしてこんなに嫌なことばかりするのだ、と文句を言われている気がした。胸が痛む。

「……ごめんね」

呟いたら、また鋭い声。悪いと思っているならこんなことはしないでくれ、と言っているように聞こえた。

これから先、私たちはどうなるんだろう。

急に、寒々しさを感じるほど心細くなる。

これまでの人生で家族を亡くした経験はあった。

近所で暮らしていた母方の祖母が、続いて祖父が。そして瑞希が大学を卒業した年に父が亡くなった。

けれど心臓に持病のあった祖母を毎週病院に連れていっていたのも、認知症《にんちしょう》だった祖父を介護施設に入所させてお見舞いに通ったのも、出張先で急に倒れた父をウィークリーマンションに泊まり込んで看取ったのも母だ。

私はそんな母の姿を、横で不安そうに見ていただけだった。私がやったのは弟と家事を分担したことくらい。ただ自分のことを自分でやったくらいだ。

家族が亡くなるとき、私はすべてを母に委《ゆだ》ねていた。

わざと明るく振る舞う母に、本当にすべてはうまく行くかもしれないなんて逆に励まされながら。たくさん勉強してたくさん遊んで一人前の大人になる、という子供の役目に熱中することができた。

「タタン」

瑞希はタタンの背を、ありったけの心を込めて撫でた。

掌でタタンのはっきりした温もりを感じながら、仕事で気がかりなことが胸の中で点滅する。

友達と約束してしまった週末の予定が胸を過る。

今度もまた、母がいるから大丈夫、と思ってしまいそうになる。

ようやく身体が乾いたので脱衣所のドアを開けた瞬間、タタンは瑞希の腕を振り払って脱兎《だっと》のごとく逃げていった。機嫌が悪いときの隠れ場所、ソファの下の隙間に飛んで行ってしまったに違いない。

「お母さん、引っ掻かれたところ、大丈夫？」

母がリビングで救急箱を開いていた。

「傷口、石鹼でちゃんと洗った？」

「もちろんよ。前に引っ掻かれたときに、酷い目に遭ったの忘れていないわ」

母が言っているのは、たぶんタタンが家に来てすぐの話だ。タタンの伸びた爪が毛布に引っかかっていたので、爪を切ろうとした母が思いっきり引っ掻かれた。

こんなの大丈夫、大丈夫、と、何の手当てもせずに放っておいたら、傷口が化膿して腫れ上がって、最終的には一週間も点滴のために病院に通う大変なことになった。

「テープ、貼ってあげる。貸して」

手首のところにできた痛々しい爪痕に絆創膏《ばんそうこう》を貼った。母の肌が思ったよりずっと薄くなっているると気付いた。

「ねえ、お母さん、やっぱりタタン難しいみたい」

「ああ、やっぱりそうなのね」

母が、すべてわかっていた、というように頷いた。すごく頼もしく感じる。

でもそれじゃいけないんだ。

タタンは私の猫のはずなのに。

「これからタタンのことは、なるべく私がやるね。なるべく、お母さんの負担にならないようにするから」

意を決して言ったつもりなのに、何とも頼りない声が出た。

私はこれから夜の予定も週末の予定もすべてキャンセルして、残りの時間をタタンと過ごす。

「え？　どうして？」

母は、瑞希の決意の意味がよくわからない、というようにきょとんとしていた。

5

こんなにいつもと変わらない姿なのにお別れの時が近いなんて。この先生はいったい何を言っているんだろう。

そんなふうに怒りに近い困惑を感じた日から、半月ほどが経った。

その半月でタタンは、泣きたくなるような速さで齢を取った。

相変わらずご飯はたくさん食べたがるけれど、食べてもすぐに戻してしまう。前の月の半分くらいの大きさになって、いかにもお風呂に入っていない雰囲気の、汚れて禿げてダマになったぼさぼさの毛並みになってしまった。

猫は夜行性《やこうせい》だから昼間によく眠る。だから今日の姿から明日の姿へと一日分の齢を取るのは、たぶん昼寝のときだ。

夜に瑞希が仕事から戻ると、タタンは決まって朝よりも痩せていて汚れていて、足元が覚束《おぼつか》なくなっていて、目が見えづらくなっていた。

ゆっくり一歩ずつ階段を下りるように、着実にタタンは弱っていった。

それでもタタンは、瑞希が帰るとリビングのキャットドアを潜《くぐ》って玄関まで迎えに来てくれた。普段の凜々《りり》しい顔で、おかえり、と一声鳴く。よし、今日もちゃんと無事に帰ってきたな、と確認するように。

早く週末になって欲しいと祈るように思った。

休みの日はタタンとずっと一緒にいることができる。けれど明日になるとタタンの具合はまた一段と悪くなる。タタンとのお別れの日が近づく。どうしたらいいのかわからなかった。

今日、瑞希を出迎えたタタンは、小さな身体に合ったペット用のオムツを穿いていた。

「タタン、ただいま」

ゆらゆらと左右に揺れながら瑞希を出迎えたタタンに、これ以上出せないほどの優しい声で、話しかけた。

「オムツになったんだね。似合ってるよ。赤ちゃんみたいでかわいいよ」

元気だった頃のタタンにオムツなんて穿かせたら、きっと烈火《れっか》のごとく怒って、その場でオムツを八つ裂きにしてしまったに違いない。

タタンはへたり込むように瑞希の膝に身を寄せた。

「お出迎え、ありがとう」

タタンの背に頬を寄せる。鞄《かばん》は玄関に置きっぱなしにして、まずはタタンを抱いてリビングに向かった。

「おかえり。ご飯、お母さんもまだだから先に食べなさい」

母はキッチンから声を掛けると、瑞希の返事を待たずにガスコンロのスイッチを入れた。

普段の瑞希は帰宅したらシャワーを浴びて、一休みしてから母が作ってくれた夕飯を食べている。母は夜の九時にはぐっすり眠ってしまう早寝早起きの人なので、夕飯は別に食べるのがこの家の習慣だったはずだ。

何か大事な話があるんだろう。

身構えて食卓についた。

「瑞希、あのね」

二人ともサラダを食べて、ミートソースのスパゲティを食べて、コーンスープも飲んで、デザートのフルーツヨーグルトまで食べ終わったところで母が口を開いた。

しばらく言い淀む。

「タタンのことだよね？　どうかした？」

瑞希の食事が終わるまで、母はわざと明るい調子で今日観たテレビ番組の話をしていた。その様子からかえって深刻な話だというのはわかっていた。

母は息を呑んで黙ってから、眉間に悲し気な皺を寄せた。

「あのね、お母さんね、考えたんだけれど」

「うん」

母の声が擦れていた。

「もう、いいんじゃないかしら」

しばらく沈黙した。

「……何、それ?」

呆気に取られて、すごく真剣に聞き返した。

耳に飛び込んできた言葉の意味が、ほんとうにわからなかった。

母が大きく息を吸う。そして震える息を吐く。

「なんだかタタンね、かわいそうになってきちゃって。この間の二十四時間病院の先生に、ご相談してみたらどうかな、って」

「ちょっと待って。まさか、安楽死の話をしてるの?　お母さん、薬物注射でタタンのこと……」

まさか、そんなはずはない。声が震えた。

「やめて、怖いことを言わないで。お母さん、そんなつもりじゃないの」

母の目から涙が溢れた。

「怖いって思っているなら、どうしてそんな酷いこと言えるの?　そんなつもりじゃない、って……」

嘘だ。私の母がそんな恐ろしいことを考えるはずがない。

瑞希は食卓に手をついて立ち上がった。

「瑞希、ごめんね。やっぱり今の、撤回するわ。お母さんの言っていること、おかしいわよね」

母がおろおろした様子で涙を拭っている。

「ごめん、今は話したくない」

リビングから飛び出した。二階の自分の部屋に駆け込んで、ベッドに身体を埋めて泣き崩れた。

いったい何なの。意味がわからない。

つい半月前に一緒に、「安楽死なんてさせるわけがないじゃない」って言い合ったのに。どうして急に、そんなことを言い出すの？　タタンはあんなに懸命に生きようとしているのに。あんなに私たちのことを愛してくれているのに。

スマホが鳴った。

見慣れない都内の電話番号だ。

涙を拭いて大きく何度も深呼吸をして、怪訝な気持ちで電話に出た。

「田川瑞希さんの携帯電話ですか？　動物病院の小山です」

小山くんだった。

「は、はい。私です。小山くん、あのね。えっと、えっと……」

心強かった。今この時に、いちばん話したい人だった。聞いて欲しいことがわっと溢れてきて、何が何だかわからなくなってきてしまう。思わず肩を震わせてむせび泣く。

小山くんはしばらく電話の向こうで黙っていた。

「パスケースのお忘れ物があったから、お電話しました。大事なものだから、明日にもすごく困るんじゃないかと思って」

「え？　パスケース？」

何のことだかわからずに訊き返した。涙がぴたりと止まった。

私はパスケースなんて持っていない。電子マネーも定期もすべてスマホと連携しているので、何かのときのために、クレジットカードと一万円札を数枚と小銭を入れた掌くらいの大きさのミニ財布を持っているだけだ。ガマロの留め金が付いているあの財布を、パスケース、と言い換えることはないだろう。

それに、小山くんの動物病院に行ったのは半月も前のことだ。

「せっかく連絡くれたのに、ごめん。でも、たぶん、それ私のじゃないと思います」

小山くんの喋り方に合わせて、少しだけ敬語を使った。

「はい、お母さまのパスケースです。今日、こちらにいらしたときに、一度、椅子の下にバッグを落とされたんです。そのときに一緒に落ちたんだと思います」

息が止まった。

「お母さん？　母が、今日、動物病院に行ったんですか？」

「ええ、あれからほぼ毎日いらしてますよ。お母さまの電話番号は伺っていなかったので、カルテに記入されていた田川さんの番号にかけました」

頭が真っ白になった気持ちで黙り込んだ。

積極的にできる治療はもう何もない。けれどもどうしても何かをしてあげたいなら、数日に一度、皮下《ひか》注射で水分を補給する補液《ほえき》に通ってください。そのときに、対症療法の注射を打ったり点滴をすることもできます。

確かに母には、小山くんがそう言っていた、と伝えてあった。

——もう、痛いことはやめてあげたほうがいいね。

けれどもあのとき、母は間違いなくそう言っていたはずだ。

ほぼ毎日、病院に通っていたなんて。それも瑞希に一言も言わずに。

「今から、パスケース、取りに行ってもいいですか?」

電話の向こうで小山くんが、ええ、お待ちしています、と穏やかな声で言った。

6

動物病院はとっくに閉まっていた。入り口のガラス戸のところに、グレーのロールカーテンが下ろされていた。

電話で言われたとおりにインターホンを一回鳴らしてから、カーテンの下の隙間を潜って中に入る。コンビニの自動ドアを入ったときのような明るい音楽が鳴った。

「そこにセンサーがあってね、受付時間が終わったら電源を入れるの。万が一入院患者さんがケージを抜け出して院内をうろうろしていたりしたら、その音楽が鳴ってすぐにわかるようになってるんだよ」

急に聞こえた声に驚いて振り返ると、待合室に女の子がひとり座っていた。

「今まで一度もそんなことはなかったみたいだけど。でも動物相手の仕事は何があるかわからないから、やりすぎなくらい準備しとかなきゃね」

えらいえらい、とでも言うように嬉しそうに頷く。

六つか七つくらいだろうか。まだ小学生になったばかり、という雰囲気の、身体は小さいけれどしっかりした目力のある女の子だ。

可愛らしい声の割に、妙にこの世を達観したような大人っぽい言葉遣いの不思議な子だ。

小山くんは診察室で急患対応をしているに違いない。きっとこの子のお父さんかお母さんが付き添って、ペットの犬か猫が緊急処置の最中なのだろう。

見知らぬ大人の瑞希に臆せずに話しかけてきたのは、きっと心細いからだ。

「そう、よく知っているのね。教えてくれてありがとう」

にっこり微笑んで、女の子のすぐ横に座った。

「いいのよ」

女の子が嬉しそうに笑った。高い位置で結んだツインテールが、左右にぱたぱたと揺れた。

「お姉ちゃん、どうしてここに来たの？」

瑞希が犬を連れているわけでもなければ、猫のケージを抱えているわけでもないことを不思議に思っているのだろう。

忘れ物を取りに来ただけよ、と言おうとして、女の子のどこか物寂しい雰囲気が気になった。もしかしたらこの子は最愛の家族が体調を崩して、不安でたまらないところなのかもしれない。

「猫ちゃんの具合が悪いんだ。今日は先生とお話をしに来たんだよ」

女の子に、私も同じように心配なところなんだよ、と伝えようと思って言った言葉だ。

ああ、私は小山くんとタタンのことを話しに来たんだ。

「何をお話しするの？」

女の子が黒目がちな丸い目をして、こちらをじっと見た。

「……わかんない」

瑞希はふっと息を抜いた。目頭に薄ら涙が滲んだ。わざと頬に力を込めて笑ってみせたら、瞬《まばた》きと同時に涙が一粒だけぽとりと落ちた。

「タタンは今、どのくらい痛いのかなあ、苦しいのかなあ、って。今日は、それを先生に訊いてみようと思っているんだよ。先生だったら、今、タタンがどんなふうに感じているのか知っているのかな、って思って」

「ふうん」

女の子はわかったようなわからないような顔で頷いた。

「タタンは瑞希ちゃんがいてくれたら幸せだよ。痛いけれど、苦しいけれど、瑞希ちゃんが一緒にいたら幸せ」

「えっ？」

女の子のあどけない顔と、その真剣な答え方とのギャップに呆気に取られてしまった。

しばらく黙って、女の子の言葉の意味を考えた。

ふいに胸が刺すように痛んだ。

「私、タタンとぜんぜん一緒にいてあげられなかったんだ。いつも外で仕事をして、いつも外で遊んで、タタンと会えるのなんて平日は朝早くと夜遅くだけ。週末はもっと酷くて、私が一日中ずっと家にいるときなんてほとんどなかったの」

タタンは瑞希が帰宅すると、決まって大声で鳴いて大歓迎してくれた。

玄関まで飛び出してきて、廊下でごろんと寝転んでお腹を見せてくれた。

ずっとずっと、瑞希のことを待っていてくれた。

「私、タタンに寂しい思いばっかりさせてたんだ」

と、二階から階段を駆け下りてくる音。

「田川さーん。お待たせしてすみません。診察室、どうぞ」

「あっ、はい。ごめん、呼ばれたからちょっと行ってくるね」

「うん、行ってらっしゃい」

女の子はにこにこして、小さな掌をぴらぴらと振った。

「ごめん、ちょっと、上で電話の対応をしていて。これ、忘れないうちに。お母さんのパスケースです」

小山くんが瑞希も見慣れた母のパスケースを差し出した。

「ありがとう」

パスケースを受け取って、しばらく小山くんと見つめ合う。

「母がここに来ていたなんてちっとも知らなかった。それも毎日だなんて。タタンが嫌がることはやめようって。積極的な治療はもうやめよう、って話していたはずなのに」

瑞希は額に掌を当てた。

母、と口に出したら、食卓での光景が脳裏に蘇って、途端に息が上がってくるような気がした。

「それに安楽死だなんて……。なんだかもう混乱しちゃって……」

鼻の奥で涙の味を感じる。

「田川さん、しっかりしてよ。前の病院の先生は、安楽死は食べられなくなって痛みで眠れなくなってからの最後の手段、って言ったはずだよ。治らない病気だというだけで安易に安楽死の処置を勧める獣医師なんて、絶対に、絶対に、どこにもいない」

小山くんが急に突き放したような冷たい声で言った。

「えっ？」

頭から水をかけられたような気分で訊き返した。

「安楽死、って言葉はとても重いものだから、驚いた気持ちはすごく理解できる。でも、今はタタンの命に関わる大事なときだから。田川さんには自分の胸に浮かぶいろんな後悔を一旦横に置いて、冷静に状況を理解して欲しいんだ」

小山くんが瑞希の目をまっすぐに見た。

——いろんな後悔を一旦横に置いて。

瑞希は息を呑んだ。

「大丈夫？　説明して平気？」

小山くんが小さく笑った。

「……うん、ごめん」

瑞希が答えると、小山くんは診察台の脇の本棚に向かった。

「えっと、動物福祉の理念には五つの自由という言葉があってね。人間が管理しているすべての動物には、この自由が与えられるべきだとされているんだ」

小山くんがボロボロの教科書のような本を開いた。

1. 飢え、渇きからの自由
2. 不快からの自由
3. 痛み、負傷、病気からの自由
4. 本来の行動がとれる自由
5. 恐怖、抑圧からの自由

「僕ら獣医師は病気を治す以外にも、この五つの自由のどれかが損なわれている状態の動物を助ける義務がある。お母さんがここへ連れてきてくれたときのタタンは、このひとつ目の飢え、渇きで苦しんでいる状態だったから、水分と栄養を補給したんだ」

小山くんが本を指さした。

「動物の看取りのときは、飼い主さんが決めることが多くて大変だけど。まずは病気を治すことと、苦しいことを取り除いてあげることとは別の話として考えるとわかりやすいと思う」

「……うん」

瑞希は頷いた。

「積極的な根治《こんち》治療をしないからといって、一切の医療行為をせずにただ自然に任せる、っていうのは、そう簡単なことじゃないと思う。動物の患者さん本人が痛くて苦しいのはもちろん、近くで見ている人にとっても耐えがたいほど悲しい光景だから」

近くで見ている人。

それはつまり私ではなく母だ。

「二人とも、ここではとても和やかな雰囲気だったよ。補液ってそんなに時間はかからないんだけど、ストレスにならないように入院室で二人きりで過ごしてもらっていたんだ。その間ずっとタタンはお母さんのお膝の上に座って、頭を撫でてもらって、二人でいろんな思い出話をしていたみたい」

小山くんが、膝の上に乗った大事なものを撫でる真似をした。

「……さっきね、お母さんが言ったの。『もういいんじゃない？』って」

　小山くんが、そうか、と頷いた。

「お母さん、さっきいきなり前の病院に行こう、って言い出したんだよ。小山くんのところでは、安楽死はやっていないからだよね？」

　安楽死は絶対にいけないことだ。絶対に反対だ。どんなに痛くても苦しくても、命を絶つようなことが許されるはずがない。小山くんには力強い声でそう言って欲しかった。

「うちの病院で、その処置をやっていないなんてことはないよ。お母さん、きっと僕には頼みづらかったんだと思うな」

　小山くんがさらりと、しかし決して聞き逃されないようにという決意の滲んだ声でしっかりと答えた。

「頼まれたら、そうした？」

　思わず小山くんに絡むようなことを言ってしまった。

　口に出した直後に後悔した。絶対に訊いてはいけないことだったのだ。

　小山くんがうっと呻《うめ》いて、しくしくと泣き出したのだ。

「ご、ごめん！　ごめんなさい！　私がいけないの。無神経だった。本当にごめんなさい」

　獣医さんが泣くなんて考えたこともなかった。

　瑞希は慌てて何度も頭を下げた。

　小山くんはパソコンの前の回る椅子にへたり込むように腰掛けて、ハンカチで目元を押さえる。

「小山くん、ごめんね。私、タタンのことと、お母さんのことと、なんだか頭の中がごちゃごちゃになってて……」

「うん、大丈夫。田川さんの気持ち、僕にはすごくよくわかるから」

小山くんは大きく数回頷いた。大きく息を吸って、吐いて。でも小山くんの涙はそう簡単には止まらない。

「僕の話、してもいい？」

「うん、もちろん。何でも話して」

あ、と思った。

遠い遠い昔の光景が、目の前に鮮明に蘇った。

高三の秋の帰り道、偶然、電車の中で小山くんに会った。その日は模擬試験の答案返却日だった。二人とも散々な試験結果を手にくたびれた顔をしていた。

自分の将来の夢になんだか不穏な灰色の雲がかかっていて。気持ちだけは焦るのに集中力も体力もついていかない。

いかにも受験生を満喫している瞬間らしい、とても嫌な時期だった。

車内で小山くんを見つけた。おーう、なんておざなりな挨拶をした。五分ほど同じ電車に乗ってすぐに別れるつもりだった。

だがその電車に急な車両故障が起きた。復旧までに一時間程度はかかるというアナウンス。

身体はぐったり疲れていたけれど、実は結構楽しかった。

家に帰りたくなかった。現実に戻りたくなかった。半分やけくそになって、お互いの夢を熱く語り合った。

――動物ってかわいいからだと思う。

それから何度もくすっと笑いながら思い出すことになる、小山くんの名言が聞けたのはあのときだ。

7

「僕がしてあげられる最後の仕事は、命を救うことじゃないんだ。時間を稼ぐことなんだ」

小山くんが瑞希に向かい合った。

空しく聞こえてもおかしくない言葉だったが、小山くんの顔に少しも諦めの色はない。とても真剣だ。

「いくら僕が、どんな怪我も病気も治す世界一の名医になったとしても。飼い主さんは、そう遠くない未来に、いつかは必ず大事な子とお別れをしなくちゃいけないんだ」

「……動物の寿命は、人間よりとても短いもんね」

瑞希は頷いた。

もしも今ここで、タタンの病気が治る特効薬があったとしても。

タタンの年齢はもう十三歳だ。飼い猫の平均寿命が十五歳程度なのだから、もうあと十年健康で生きて欲しいと願うのは難しいことだとわかる。

「時間を稼ぐ、っていうのは、延命治療ってことだよね？　少しでも長く命を延ばしてあげることが、飼い主さんにとってもその子にとっても幸せ、ってこと？」

頭に纏《まと》わりつく安楽死という言葉から少しでも逃れたくて、確かめるように訊いた。

「それは、わからない。僕には決められないんだ。時々、僕が決めて欲しいと頼まれることもあるけれど。どんな訊き方をされても、僕には何が良い形かはわかりません、決めるのは飼い主さんです、って答えてる」

ならばどうして時間を稼ぐ、なんて不思議な言い方をするんだろう。

瑞希の不満げな顔に気付いたように、小山くんが涙を拭いた。

「僕が一浪して入った獣医学部ってね、とってもたいへんなところだったんだ。実習では、耐えられないような残酷なこともしなくちゃいけない。動物がかわいいから、動物を救いたい、って気持ちで希望に満ちて入学したけれど、転部したり退学したりして別の道を目指すことになった学生は何人もいたよ」

小山くんが目を伏せた。

「僕もそのひとりだったんだ」

小山くんは肩を落とした。けれど、若い頃の自分を馬鹿にするように笑ったりはしなかった。

「僕は、とある実験が、どうしても、どうしてもできなかったんだ。だからといって、他の皆のことを冷酷だなんて言うつもりはないよ。みんな、貧血を起こして倒れそうになったり涙が止まらなくなったりしながらも、それでも獣医師になるって使命感を持って辛い実験に向き合っていた。でも僕はできなかった」

「実験ができないとどうなるの？」

動物実験。存在していることにすら目を背けたくなる辛い言葉だ。でも新薬の開発などの医療分野を始めとして、私たちの日常生活のさまざまなところを支えてくれている重要な実験だ。

「獣医学部で実験ができないなら、退学するしかない。指導教官にはっきりそう言われたよ」

息が苦しくなった。見ないようにしていること、考えないようにしていることが、じわじわと迫ってくる。

「家で犬を飼っていたんだ。名前はベティっていってね。すごく剽軽でいい奴で元気いっぱいのビーグル犬。身体も強くて頭もいい。家族の一員の最高の犬だったよ。でもベティのまさにその犬種が実験動物として提供される犬種と同じものだったなんて。僕は獣医学部に合格して喜んでいたそのときには、微塵《みじん》も知らなかったんだ」

小山くんが奥歯を嚙み締めて、額に掌を当てた。

瑞希は小さく首を横に振った。

電車の中で、獣医学部への夢を熱く語った小山くんの顔が浮かぶ。

高校三年生だった小山くんが、そんなこと知らなくて当たり前だよ。

心の中だけで話しかけた。

インターネットが普及している今の時代でさえ、わざわざそんな気が滅入《めい》ることを調べてから進路を決める受験生なんて、きっとどこにもいない。

獣医学部を目指す学生たちは、みんな十七歳の素直な心で、かわいい動物たちを救いたいと心から願っているだけなのだ。

「結局、その年に実験はできなくて休学したよ。僕はこれから先どうしたらいいかわからなくなっちゃって。家族ともろくに顔を合わせないで、部屋に引きこもって暮らしていたんだ」

そんな小山くんの転機として訪れたのは、当時十歳だったベティの体調不良だった。

「病気が判明してから亡くなるまで、週に三回、動物病院に通ったんだ。ベティは大腸にがんがあったから、すぐに便秘になっちゃって苦しそうで。動物病院で処置をしてもらって皮下補液をすると、その帰り道だけは若い頃みたいに元気いっぱいに走りまわるのが嬉しかったなあ」

小山くんが遠くを見つめた。

「僕たちはベティがお気に入りだったリビングのソファの上で、一日中一緒に過ごしたよ。ベティの横で漫画を読んだり、高校生の頃にハマったゲームをやったりしてね。僕が人生に躓《つまず》いちゃったおかげで、朝から晩までずっとベティのそばにいて、亡くなる瞬間まで一緒にいてあげることができた」

この動物病院は、ベティが通った動物病院なんだ。

小山くんが古くて狭い診察室を見まわした。

「ベティが亡くなってから、ここに挨拶に来たんだ。お世話になりました、って」

高齢の獣医師の先生の顔を見た瞬間、小山くんは泣き崩れてしまったという。

もう二度と動物は飼わない。獣医師になることもきっぱり諦める。僕には命は救えない。命を亡くすのはもう嫌だ。

「そうしたら先生が言ったんだ。『君は獣医の仕事を勘違いしている』って」

小山くんは懐かしそうに目を細めた。

「『動物病院の獣医が最後にできることは、時間を稼ぐことだよ』って。『獣医の仕事は、飼い主さんと大事な子とのお別れの時間をちゃんと作ってあげることが大事なんだよ』って」

「お別れの時間？」

そんな悲しい言葉はない。

「動物病院で悪いところが見つかるときってね。とても残念だけれど、余命が予測できるくらい悪化した状態がとても多いんだ」

動物は、自分から最近ちょっと体調が悪いから病院に行こう、なんてことはできない。痛みを感じていても、怠《だる》くても、苦しくても。たくさん眠って我慢するしかない。

そんな動物たちが動物病院に連れてこられるときは、人間でいえば、日常生活に支障をきたすくらい身体を壊してしまい、周囲に心配されて病院に運び込まれるレベル、ということだ。

タタンもそうだった。

もしかしたら私がこれまで百匹の猫を飼ったことがあれば、すぐに異変に気付けたかもしれない。でも、吐いてしまって、下痢をしてしまって、痩せてしまって。最後は痙攣《けいれん》を起こしてしまって。誰の目から見ても身体の異変が明らかになるまで、私はタタンの不調がこんな深刻な意味を持っているなんて少しも気付けなかった。

「そんなとき僕は、飼い主さんと大事な子が心残りなくお別れができる形を一緒に作ろう、って思っているんだ。動物って、かわいいでしょう？　若くて元気なときももちろんだけど。具合が悪くなってお別れが近づいているときだって、すごくかわいいから」

瑞希は黙って唇を噛み締めた。

そうだ、タタンはかわいい。命の灯が消えかけているこのときでも。窶《やつ》れたその顔を見た瞬間に、毎回どきんと胸が高鳴るくらいかわいい。

「たくさん治療をしたい飼い主さんには、たくさん治療をする。患者さん自身の負担にならないように往診《おうしん》をしたり痛みを止める注射をしたりしながらね。治療の費用が払えないからもうここまでで結構です、って言われたら、保温や給水のやり方を教えたりマッサージを試してもらったり、苦痛を取るできる限りの方法を考える。仕事や家庭や飼い主さんの健康などの深刻な事情で、どうしても看護を続けることができない場合は——」

瑞希は、言わなくていいよ、というように頷いた。

愛し合っている者同士が、目一杯、悩んで苦しんで。いちばんよいお別れの形がそれだと決めたならば、他人が決して口を挟んではいけないものなのだ。

「田川さんのお母さんは、きっと頑張りすぎて気が抜けちゃったんだね。もうタタンにやってあげられることは全部やった！　って、感じちゃったんだと思う。ここへ来るまでのタクシー代も、治療費も、ここで費やす時間も、これからいつまでも際限なく続けられるようなものではないから」

「私はまだなの。お別れができてないの。タタンとお別れができていない」

瑞希は首を横に振った。

だから小山くん。もう少しだけ、タタンと私に時間をください。

お別れの時間をください。

「それじゃあ、田川さんとタタンのお別れはどんな形がいちばんいいのか、一緒に考えてみよう？　質問があったら、何でも訊いてください」

小山君がマウスを操作して、タタンのカルテを表示した。

瑞希は大きく頷いて、小山君と向かい合ったパイプ椅子に腰掛けた。

8

「教えて、小山くん。タタンの命はあとどれくらい？」

瑞希は身を乗り出した。小山くんをまっすぐに見る。

それがどんな答えでも、私は動じることなくタタンにいちばんよい方法を見つけ出す。

「何も医療行為をしなければ、あと数日だと思う」

小山くんが静かに言った。

「何もしなければ、だよね？　じゃあ病院に通って処置を続ければ、その数日は延びるの？」

「わからない。今日明日に急変する可能性もあるんだ」

瑞希は、小山くんの言葉を嚙み締めるように頷いた。

「往診してもらうことはできる？　タタンにも、母にもこれ以上は負担をかけたくないの」

「うん、できるよ。往診代がそれなりにかかっちゃうのと、こちらで指定させてもらった時間にしか伺えない、って制約があるけれど」

小山くんは淡々と答える。

瑞希は頷いた。タタンと過ごす最後の大事な時間だ。ゴールデンウィークに行くはずだった旅行の代金は、この時のためにすべて使う。

「痛みをぜんぶ取ってもらうことはできる？」

「すごく強い薬を使えば、ほとんど痛みを感じなくすることはできるよ。ずっとうとうとしている状態になるとは思うけれど」

瑞希は、軽く握った拳を下顎に当ててしばらく考える。

「小山くんに往診に来てもらって、痛みや苦痛を取るのを最優先にしてもらって、積極的な延命治療は何もしない。そんなふうにできると思う？」

「うん、今までの話を聞いていると、それを目指すことがいちばん田川さんの気持ちに沿っていると思う」

小山くんが頷きながら、カルテに書き込んだ。

「あとね、タタン、これから大きく身体の具合が変わることで不安になるかもしれない。本人に今の状況を説明してあげることはできる？　辛いようだったら、僕から話してもいいけれど」

「ううん、大丈夫、私から話す」

小山くんの顔をじっと見つめる。至って真面目な顔だ。

「私から、タタンにちゃんと話すね」

もう一度言った。

タタンは人間の言葉がわかる。

「よかった。大事なことだから大事な人から話してもらうのがいちばん安心すると思う。何か質問があるようだったら、いつでも何でも訊いてね。もちろん、タタンだけじゃなくて田川さんも」

二人で眉を下げて微笑み合った。

「あと、最後にもうひとつだけ、決めなくちゃいけないことがあるんだ。これが同じ家族でも人間の家族とのお別れとは、ぜんぜん違うところなのかもしれないけれど――」

診察室を出ると、待合室のどこにも女の子の姿はなかった。

「あれ？　確か、ここに……」

小山くんと長い時間話し込んでしまった。もし待ってくれていたのだとしたら、あの子にあまりにも申し訳ない。

タタンのこと、そして自分のことで頭がいっぱいになってしまっていた。

もっと早くにあの子のことを思い出せばよかった。

女の子の健気《けなげ》な笑顔が胸を過って、思わず、やだ、どうしよう、と額に掌を当てた。

「どうしたの？」

小山くんが不思議そうな顔で、瑞希と一緒に待合室を見まわす。

「さっき、ここに女の子がいたの。小山くんが二階から下りてくるまで、一緒にお喋りしていたの。私が長居しすぎたせいで、帰っちゃったみたい」

「ああ、それ。きっと、ベティのおばけだよ。僕は一度も会えていないんだけどね」

小山くんがさらりと言った。子供の頃から一緒に過ごしたビーグル犬の名前だ。

「えっ？」

おばけ。おどろおどろしい言葉のはずなのに、悪趣味な言葉のはずなのに。

タタンの生と死の狭間《はざま》で過ごしている今は、少しも怖くなかった。むしろまず最初に感じたのは、おばけで出てきてくれるなんて羨ましいな、という気持ちだった。

「入り口のチャイム、一度も鳴ってなかったでしょう？　たまに見る人がいるんだ。怪我をした野良猫を見つけてくれたり、困っている飼い主さんの道案内をしてくれたり……。この間は、うんと遠くのコンビニからミニブタさんの患者さんを載せるための台車を借りてきてくれたりもしたんだよ」

ツインテールをぱたぱたさせながら、屈託ない笑顔で瑞希に話しかけた女の子の姿を思い出す。

――タタンは瑞希ちゃんがいてくれたら幸せだよ。痛いけれど、苦しいけれど、瑞希ちゃんが一緒にいたら幸せ。

あの子は確かにそう言った。

「ベティって、すごくしっかり者のお姉さんだったからね。僕がちゃんとやれているか、心配でしょうがないんだと思う」

小山くんはにっこり笑ってから、僕はそう思っているんだ、と、寂しそうに言った。

9

長期の有給休暇を、ゴールデンウィークの直前なんて非常識な時期に取る社員はまずいない。

だが小山くんの病院に行った二日後から、瑞希はきっちり九日間の有給休暇を取った。

家族の体調が急に悪くなって予断を許さない状態になった、と説明した。

会社の規則上は理由の如何《いかん》を問わず、休暇を取ることは許されている。だからどうかこの日程で休みを取らせて欲しい、と言い張って、最後までその家族とは誰のことか質問させない雰囲気を作った。

きっと職場では、とんでもない噂の種になっているだろう。

ペットの猫のために職場の皆に多大な迷惑を掛けた私は、社会人として失格だ。

きっと大きな代償を払うことになるに違いなかった。

でもこれはどうにもならない。こうするしかなかった。どこにも代わりのいない私の家族の、たったひとつの命なのだ。

タタンと出会ったあの日から、こうなることは決まっていたのだ。

「タタン、一緒にいよう。朝から晩まで、ずっと一緒にいようね」

いつもよりも遅い時間に起きてきた瑞希が、タタンの毛並みを撫でてそう言うと、タタンは休日用のベッドであるプリンターの上に寝転んでうっとりした顔をした。

十三年の間、家に帰ると喜んで出迎えてくれるタタンが嬉しかった。時を惜しむように身を寄せてくれる姿が嬉しかった。

この九日間、私はタタンとずっと一緒に過ごす。タタンが一瞬たりとも寂しい思いをしないように。ずっとずっとべったりと甘えてもらう。

そして最後の日になったら――。

小山くんが言ったのはこのことだ。

「もうひとつだけ、決めなくちゃいけないことがあるんだ。お別れの瞬間をどう過ごすか。看取りの時をどう過ごすか、なんだ」

動物がいつ亡くなるかは、誰にもわからない。

家族揃ってお別れを言えるときもあれば、家族の皆が留守にしているその間にひとりで亡くなってしまっている場合もある。

最期の時、タタンのことを腕に抱いて、安心させてあげて旅立たせてあげるか。それともすべてを運命に任せて、看取りのときにひとりにしてしまう場合でも受け入れるか。それともこれからずっと動物病院に入院させて小山くんに見守ってもらい、具合が悪くなったら連絡を貰う、という形を取るか。

小山くんには往診での治療を頼むつもりなのだから、動物病院に預ける、という選択肢は消えた。

もうひとつのすべてを運命に任せるという選択肢。

九日間の休暇を終えてもなお、タタンが生きることを頑張ってくれていたら。

瑞希が仕事に行っている間、母にタタンの介護を頼むことはできる。母は決して嫌とは言わないだろう。だがそれは、タタンの最期を母に押し付けてしまうということだ。

ほんの少しでも不本意な形でタタンが亡くなってしまったら、母の心に大きな傷を残してしまう。

タタンは私の猫だ。私は大学生だったときとは違う。

ならば。

私はこの九日間、タタンと一緒に過ごす。ずっとごろごろしてお互いの姿を常にそばに感じて、タタンがずっと望んでいたとおりに過ごす。そして最後の日までタタンの命が続いていたら――。

小山くんの病院で、タタンの安楽死処置をしてもらう。

私と母とでしっかり抱き締めて、楽しかった話をたくさんして。タタンへの感謝の言葉をきちんと言って。にっこり笑って安心させてあげてから。少しも痛くないように少しも苦しくないように、薬で処置をしてもらう。

ほんの半月前には恐ろしいものでしかなかった安楽死を、選択のひとつに入れている自分が不思議だった。

どれほど泣いたかわからない。目が腫れて半分くらいの大きさになった。寝るときに奥歯を噛み締めたせいで、顎が痛くて食事をまともに取れなくなった。胸が引き裂かれるとはこのことかというような、のたうちまわるほど苦しい決断だった。

だがそうすると決めた。だからタタンの前では、最後のお別れの時を楽しく笑顔で過ごすのだ。タタンが大好きな〝瑞希ちゃん〟として。

瑞希は朝から晩までルームウェアのまま、本を読んだり海外ドラマを観たり、オンラインでヨガをやったり、昼寝をしたりして過ごした。

視界の端には常にタタンがいた。

タタンが構って欲しそうにこちらを見ていると気付いたら、もういい、とぷいと顔を背けられてしまうまで、ひたすら身体を撫で続けた。

オムツの下の毛が汚れきってしまって強烈なウンチの臭いがしているタタンをお腹の上に乗せて、一緒に昼寝をした。

タタンが、ずっとこんなふうにそばにいたかった、と言った。

本当はタタンの言葉ではない。私の言葉だ。

タタンが少しでも困っている様子だったら、召し使いのようにすぐに駆け寄った。

お水ですか？　ご飯ですか？　それともトイレですか？　と訊くと、タタンはもうずっと前から瑞希にそうされていたように、厳かな顔ではっきりと要求を伝える。

でもすぐにタタンはほとんど食べることができなくなった。

ほんの一年前までは掃除機のような勢いで平らげていたドライフードが、手つかずのままお皿に残っている光景は切なかった。

でも、お刺身や霜降りの牛肉など、あまりお腹に良くなさそうなものだけはほんの少しだけ食べた。すぐにすべて下してしまうけれど、タタンは嬉しそうだった。

自分でトイレに行くこともできなくなった。

それでも、よろよろとトイレまで行くのを追いかけて、急いでオムツを外してあげて、用を足す間ずっと身体を支えてあげると、時々うまくできるときがあった。

そんなときタタンは瑞希の顔をしっかり見て、ありがとう、と言った。

休みの日に弟がやってきた。

タタンは弟のことをしっかり覚えていて、よう、というような男同士らしい雰囲気で挨拶をした。

弟はソファの上で胡坐《あぐら》を掻いて、タタンを膝の上に乗せてテレビを観た。

オムツ、すごい性能いいなあ。トモのとそっくりだ。あ、ここにしっぽを出す穴が空いてるのか。へえ、面白いな。

なんて。弟にしげしげとオムツを点検されながら、タタンは少々むっとした顔をしていて。でもすごく安らいだ目をしていた。

「じゃあ、またね。タタン、頑張ってね」

弟は家族で食事もせずに一時間ほど滞在して、あっさり帰っていった。

タタンのことを泣いて抱き締めたりもしなければ、悲しいお別れだという顔もしない。弟のこういうところはすごく偉いと思った。

タタンは、またね、というように玄関で見送りをしてから、ソファにも上がらずにリビングの床でへたり込むように眠ってしまった。


それからタタンはごくたまに寝ている場所を移動するだけになった。

ぼんやり一点を見つめて口を半開きにして横たわり、静かに過ごしていた。

「タタン、タタン、大丈夫だよ」

囁きながらタタンの隣でいつの間にか寝てしまうと、起きたときにタタンはいつもほんの少しだけ瑞希に身体を寄せていた。

ふと思い付いてプリンターを床に置いてあげたらすごく嬉しそうに何度か上って寝ていたけれど、次第にそこに上るのも辛くなったのか、興味を示さなくなってしまった。

タタンが穏やかな顔をしている時間は徐々に少なくなり、次第に苦悶に満ちた顔つきに変わって、肩で荒い息をするようになった。

気付くと眠っているときも目が閉じなくなっていた。

瞳孔が大きく開いた目は一点を見つめて、意識は朦朧《もうろう》としていた。身体を触ると驚くほど冷たい。

「タタン」と呼びかけるとしっぽだけが微かに揺れる。

もう食事は一切食べられない。でもときどき口の端にスポイトで水を注いであげると、舌を動かしてぴちゃぴちゃと舐めた。

水を飲むと、タタンのしっぽがぱたんと動く。おいしい、ありがとう、と言われているとわかった。

タタンをお気に入りの毛布の上に寝かせて、瑞希はリビングの床に布団を敷いて一緒に寝た。

遠くを見つめるタタンの瞳を覗き込む。

この家の中でいちばんかわいい子が、いちばん小さい子が、誰よりも先に老いて、藻掻《もが》き苦しんで死線を渡ろうとしている。

いったいこれは何の地獄だ、と思った。

タタンの苦しそうな姿を見るたびに、今すぐに小山くんの動物病院に行って安楽死の処置をしてもらうべきなのではないかと悩んだ。

そんな状態が数日続いて、瑞希も睡眠不足と悲しみとで頭が朦朧とし始めた頃。

突然、うわー、と子供が泣き出すような大きな声が響いた。

駆け寄ると、タタンが身体を起こしていた。

これまで力のなかった目にはっきり光が宿っている。きょろきょろと周囲を見まわしてから、瑞希の姿を目で捉えると喉が破れるような大声で鳴いた。

ああ、苦しいんだな。すごくすごく苦しいんだな。タタンあと少し。あと少しだけ頑張れ。

瑞希は涙をぼろぼろ零しながらタタンの身体を撫でた。

「いい子、いい子だよ。タタン、ありがとう。ありがとうね」

キッチンにいた母が駆け寄って身体を撫でるのを待ち構えたように、タタンは大きく痙攣して動かなくなった。

瑞希とタタンのお別れの時間は七日間続いた。

休みはまだ二日も残っていた。

10

小山くんに電話でタタンが亡くなったと伝えたら、夕方に小さな花束を持って訪ねてきてくれた。人間のお供えには使わない、ピンクのスイートピーと黄色いミモザのかわいい花束だ。

出迎えた母が「ごめんなさい、においが気になりますよね。お客様をお迎えできる状態ではないのですが」と申し訳なさそうに言ったので、初めてこの家全体に漂う臭いに気付いた。

吐いたものや排泄物《はいせつぶつ》の強い臭いが、いくらしっかり掃除をしても家じゅうにこびりついてしまっていたのだ。

タタンの体調だけが気がかりで、臭いのことなんて少しも考えていなかった。

ひょっとしたら職場でも、すれ違うくらい近くを通った人は私の服に染み付いたこの臭いに気付いていたのかもしれない。急に現実が戻ってきた気がして、どうしよう、なんて今さら考えても仕方がないことを思う。

「いえいえ、生きるってそういうことですよ」

小山くんは、いかにもそういうことを気にしなそうだと思っていたが、やはりそのとおりだった。

なんだかほっとした。

小山くんはお菓子の箱の中でお花に囲まれているタタンを覗き込んで、「タタン、おつかれさま」と言った。そしてぽろぽろ涙を零した。

硬くなってしまったタタンの身体を撫でた。小山くんの涙が落ちた。タタンが今にも慌てて毛づくろいを始めそうだな、と思って、素早くティッシュを差し出した。

「あと二日も、休暇が残ってるんだよ。もっと、もっと一緒にいられると思っていたのに」

小山くんに負けじとタタンの身体を撫でながら、瑞希は一緒にさめざめと泣いた。

あと二日間一緒に過ごして。それでもまだタタンの命の灯が消えなければ、私は辛い決断をしなくてはいけなかった。そうしなくて済んで、心からほっとしている自分がいる。

でも、亡くなる前のタタンはとても苦しそうだった。

私が納得いくお別れをしたい、というだけの理由で、苦しみを引き延ばしてしまったのかもしれない。最期の瞬間の悲鳴が胸に蘇る。私のせいで凄まじい苦痛を味わわせてしまったのかもしれない。

ただひたすら後悔だけが残る。

「タタンに話した？」

涙に濡れた小山くんに聞かれて、瑞希は頷いた。

「……うん、ぜんぶ事情を説明したよ。病気のこと、もう治らないこと、私の休暇がこれから何日続いて。休暇の最後の日に、タタンがまだ苦しかったら楽になることができる処置がある、ってことも」

瑞希が悲しくてたまらない事実をゆっくり言い聞かせる間、タタンはまっすぐにこちらを見つめて、最後までとても真剣な顔で聞いていた。

話が終わった瞬間に、タタンは朗らかな声で一度鳴いた。

――了解！

いつもタタンがそう言っていたときの、明るく呑気でかわいい鳴き方だった。

「了解、って言ってたよ」

小山くんが「タタンならそう言うと思ったよ。賢い子だから」と神妙な顔で頷いた。

「ああ、すみません。どうぞお構いなく」

母が運んできたお茶を、小山くんが嬉しそうに受け取った。

「お母さまも、おつかれさまでした。これからは、少し遠出できますね。お出かけには良い季節です」

小山くんがすっかり暗くなってしまった庭に目を向けた。

「ええ。温泉にでも入って、ゆっくりしたいです」

母が泣き笑いの涙を拭きながら、タタンの身体を撫でた。

「いいですね。ぜひぜひ、のんびりされてください。このあたりですと箱根《はこね》がいちばん近いですか。熱海も新幹線に乗ればすぐですよね」

「熱海、ずいぶん行っていないわ。たしか、駅前がすごく綺麗になったんですよね」

母と小山くんの涙ながらの和やかな会話を耳にしながら、ふいに思う。

私たちが旅行に出かけても、もう留守中のお世話を頼むキャットシッターさんからの写真付きレポートは届かない。

しょんぼりした顔をして、私たちの帰りを待っているタタンはいない。

ただいま、と大荷物で帰ってきた私たちに、どれだけ寂しかったかを見せつけるように、わざとトイレの失敗をするタタンはいない。

盛大に吐き戻してしまうタタンはいない。ウンチの臭いを家じゅうに撒き散らすタタンはいない。目を見開いて荒い息をして苦しそうに藻掻くタタンはいない。私が奥歯を喰いしばって夜通し泣くことも、きっともうない。

タタンのいないこの世界はとても身軽でとても気楽だ。すべてが嘘であって欲しいくらい、こんなにも悲しいのに。

瑞希はお菓子の箱の中で眠るタタンの冷たい耳を、そっと撫でた。

喉のあたりの自分では掻けないところを、ぽりぽり掻いてあげた。

生きることはかわいいだけではない。臭くて汚くて周囲にたくさん迷惑を掛けてしまって、涙を振り絞るくらい苦しくて悲しくて。

だけどやっぱりタタンはすごくかわいい。

出会ったあのときよりも、もっともっとかわいい。

この作品は書下ろしです。

泉ゆたか（いずみ・ゆたか）
1982年神奈川県逗子市生まれ。早稲田大学卒業、同大学院修士課程修了。2016年に『お師匠さま、整いました！』で第11回小説現代長編新人賞を受賞しデビュー。'19年に『髪結百花』が第1回日本歴史時代作家協会賞新人賞、第2回細谷正充賞をダブル受賞。'20年、現代女性の通う母乳外来専門の助産院を描いた『おっぱい先生』が話題になる。他の著書に『おんな大工お峰　お江戸普請繁盛記』『れんげ出合茶屋』、「お江戸けもの医　毛玉堂」「お江戸縁切り帖」「眠り医者ぐっすり庵」の各シリーズなどがある。

君《きみ》をおくる

2023年4月30日　初版1刷発行

著　者　泉《いずみ》ゆたか
発行者　三宅貴久
発行所　株式会社 光文社
〒112-8011　東京都文京区音羽1-16-6
電話　編　集　部　03-5395-8149
　　　書籍販売部　03-5395-8116
　　　業　務　部　03-5395-8125
URL　光　文　社　https://www.kobunsha.com/

組　版　萩原印刷
印刷所　萩原印刷
製本所　ナショナル製本

落丁・乱丁本は業務部へご連絡くだされば、お取り替えいたします。

ISBN978-4-334-91525-4